"一带一路"沿线国家经典诗歌文库

（第一辑）

主编　赵振江

副主编　蒋朗朗　宁琦　张陵

塞尔维亚诗选

彭裕超　编译

作家出版社

"一带一路"沿线国家经典诗歌文库编委会

译者彭裕超

彭裕超

一九八五年出生。

北京外国语大学欧洲语言文化学院塞尔维亚语教研室讲师。在读博士。

多年从事塞尔维亚语言文学教学、翻译和研究。

近年来出版译著《竹书》《永远的"瓦尔特"——巴塔传》以及《祀与戎——欧洲反法西斯诗歌选集》的塞尔维亚和克罗地亚部分，发表论文《塞尔维亚文学通览二〇一六》《泛斯拉夫主义在南斯拉夫民族地区：历史由来与当下走向》《"追忆南斯拉夫时代的美好生活"——浅析南斯拉夫怀旧情结》《禅译——塞尔维亚语翻译实践与心得》《塞尔维亚语翻译课程中的问题与对策》等多篇。

参加过多项国家级和省部级课题研究，并有著述若干。

目　录

总　序

二〇一三年秋，习近平主席先后提出建设"丝绸之路经济带"和"二十一世纪海上丝绸之路"（简称"一带一路"）的倡议。"一带一路"一经提出，便在国外引起强烈反响，受到沿线绝大多数国家的热烈欢迎。如今，它已经成了我们在政治、经济和文化生活中最具活力的词汇。"一带一路"早已不是单纯的地理和经贸概念，而是沿线各国人民继往开来、求同存异、构建人类命运共同体的幸福路、光明路。正如一首题为《路的呼唤》[1]的歌中所唱的：

> ……
> 有一条路在呼唤
> 带着心穿越万水千山
> 千丝万缕一脉相传
> 注定了你我相见的今天
> 这一条路在呼唤
> 每颗心都是远洋的船
> 梦早已把船舱装满
> 爱是我们共同的家园
> ……

习主席关于构建人类"政治互信、经济融合、文化包容的利益共同体、命运共同体和责任共同体"的主张是人心所向，众望所归。联合国将"构

---

[1]《路的呼唤》：中央电视台特别节目《一带一路》主题曲，梁芒作词，孟文豪谱曲，韩磊演唱。

建人类命运共同体"写入大会决议，来自一百三十多个国家的约一千五百名贵宾出席二〇一七年五月十四日在北京举行的"一带一路"国际合作高峰论坛，就是最有力的证明。

在国与国之间，政治互信、经济融合、文化包容的基础在民心，而民心相通的前提是相互了解和信任。正是出于这样的理念，我们决定编选、翻译和出版这套"'一带一路'沿线国家经典诗歌文库"，因为诗歌是"言志"和"抒情"最直接、最生动、最具活力的文学形式，诗歌最能反映大众心理、时代气息和社会风貌。"'一带一路'沿线国家经典诗歌文库"是加强沿线各国人民之间相互了解和信任的桥梁。

"'一带一路'沿线国家经典诗歌文库"的创意最初是由作家出版社前总编辑张陵和中国诗歌学会会长骆英在北京大学诗歌研究院院会提出的。他们的创意立即得到了谢冕院长和该院研究员们的一致赞同。但令人遗憾的是，在本校的研究员中只有在下一人是外语系（西班牙语）出身，因此，他们就不约而同地把这套书的主编安在了我的头上。殊不知在传统的"一带一路"沿线国家中，没有一个是讲西班牙语的。可人家说："一带一路"是开放的，当年"海上丝绸之路"到了菲律宾，大帆船贸易不就是通过马尼拉到了墨西哥吗？再说，巴西、智利、阿根廷三国的总统不是都来参加"一带一路"国际合作高峰论坛了吗？怎么能说"一带一路"和西班牙语国家没关系呢？我无言以对。

古丝绸之路是指张骞（前一六四年至前一一四年）出使西域时开辟的东起长安，经中亚、西亚诸国，西到罗马的通商之路。二〇一三年九月七日，习近平主席在哈萨克斯坦纳扎尔巴耶夫大学演讲时，提出共建"丝绸之路经济带"的主张，赋予了这条通衢古道以全新的含义，使欧亚各国的经济联系更加紧密、相互合作更加深入、发展空间更加广阔，从而造福沿途各国人民。至于古老的"海上丝绸之路"，自秦汉时期开通以来，一直是沟通东西方经济和文化交流的重要渠道，尤其是东南亚地区，自古就是"海上丝绸之路"的重要枢纽。习主席建设"二十一世纪海上丝绸之路"的构想使其在新的历史起点上，有了更加重要而又深远的意义。

"一带一路"沿线国家主要包括西亚十八国（伊朗、伊拉克、格鲁吉亚、亚美尼亚、阿塞拜疆、土耳其、叙利亚、约旦、以色列、巴勒斯坦、沙特阿拉伯、巴林、卡塔尔、也门、阿曼、阿拉伯联合酋长国、科威特、黎巴嫩），中亚六国（哈萨克斯坦、土库曼斯坦、吉尔吉斯斯坦、乌兹别克斯坦、塔吉克斯坦、阿富汗），南亚八国（尼泊尔、不丹、印度、巴基斯坦、孟加拉国、斯里兰卡、马尔代夫、阿富汗），东南亚十一国（印度尼西亚、马来西亚、菲律宾、新加坡、泰国、文莱、越南、老挝、缅甸、柬埔寨、东帝汶），中东欧十六国（阿尔巴尼亚、波斯尼亚和黑塞哥维那、保加利亚、克罗地亚、捷克、爱沙尼亚、匈牙利、拉脱维亚、立陶宛、马其顿、黑山、罗马尼亚、波兰、塞尔维亚、斯洛伐克、斯洛文尼亚）。独联体四国（俄罗斯、白俄罗斯、乌克兰、摩尔多瓦），再加上蒙古和埃及等。

从上述名单中不难看出，"一带一路"沿线国家多为文明古国，在历史上创造了形态不同、风格各异的灿烂文化，是人类文明宝库重要的组成部分。诗歌是文学的桂冠，是文学之魂。文明古国大都有其丰厚的诗歌资源，尤其是经典诗歌，凝聚着国家和民族的精神和理想。各国之间的文化交流与经贸往来，既相互交融又相互促进，可以深化区域合作，实现共同发展，使优秀文化共享成为相关国家互利共赢的有力支撑，从而为实现习主席构建人类命运共同体的伟大目标打下坚实的文化基础。

"一带一路"沿线国家多是发展中国家。长期以来，我们一直比较重视对欧美发达国家诗歌的译介，在"经济一体、文化多元"的今天，正好利用这难得的契机，将这些"被边缘化"国家的传统文化和民族精神纳入"一带一路"的建设，充分发掘它们深厚的文化底蕴，让它们的古老文明在当代世界发挥积极作用，使"文库"成为具有亲和力和感召力的文化桥梁。

"一带一路"沿线国家又多是中小国家。它们的语言多是非通用的"小语种"，我国在这方面的人才储备相对稀缺，学科建设相对薄弱；长期以来，对这些国家的文学作品缺乏系统性的译介和研究。从这个意义上说，"文库"的出版具有填补空白的性质，不仅能使我们了解这些国家的诗歌，也使相关的学科建设和学术研究有了新的生长点。

"'一带一路'沿线国家经典诗歌文库"的现实意义和深远影响已经很清楚了，但同样清楚的是其编选和翻译的难度。其难点有三：一是规模庞大，每个国家一卷，也要六十多卷，有的国家，如俄罗斯、印度，还不止一卷；二是情况不明，对其中某些国家的诗歌不是一无所知也是知之甚少，国内几乎从未译介过，如尼泊尔、文莱、斯里兰卡等国；三是语言繁多，有些只能借助英语或其他通用语言。然而困难再多，编委会也不能降低标准：一是尽可能从原文直接翻译，二是力争完整地呈现一个国家或地区整体的诗歌面貌。

总之，"文库"的规模是宏大的，任务是艰巨的，标准是严格的。如何完成？有信心吗？答案是肯定的。信心从何而来呢？我们有译者队伍和编辑力量做保证。

"'一带一路'沿线国家经典诗歌文库"的编译出版由北京大学外国语学院和中国作家出版社联袂承担，可谓珠联璧合，阵容强大。

北京大学外国语学院是国内外国语言文学界人才荟萃之地，文学翻译和研究的传统源远流长。北大外院的前身可以追溯到京师同文馆（一八六二年）和京师大学堂（一八九八年）。一九一九年北京大学废门改系，在十三个系中，外国文学系有三个，即英国文学系、法国文学系、德国文学系。一九二〇年，俄国文学系成立。一九二四年，北京大学又设东方文学系（其实只有日文专业）。新中国成立后，东语系发展迅速，教师和学生人数都有大幅度增长。一九四九年六月，南京东方语言专科学校和中央大学边政学系的教师并入东语系。到一九五二年京津高校院系调整前，东语系已有十二个招生语种、五十名教师、大约五百名在校学生，成为北大最大的系。

一九五二年院系调整时，重新组建西方语言文学系、俄罗斯语言文学系和东方语言文学系。其中西方语言文学系包括英、德、法三个语种，共有教师九十五人，分别来自北大、清华、燕大、辅仁、师大等高校（一九六〇年又增设西班牙语专业）；俄罗斯语言文学系共有教师二十二人，分别来自北大、清华、燕大等高校；东方语言文学系则将原有的西藏语、维吾尔语、西南少数民族语文调整到中央民族学院，保留蒙、朝、日、越、暹罗、印尼、缅甸、印地、阿拉伯等语言，共有教师四十二人。

北京大学外国语学院于一九九九年六月由英语系、西语系、俄语系和东语系组建而成，下设十五个系所，包括英语、俄语、法语、德语、西班牙语、葡萄牙语、日语、阿拉伯语、蒙古语、朝鲜语、越南语、泰国语、缅甸语、印尼语、菲律宾语、印地语、梵巴语、乌尔都语、波斯语、希伯来语等二十个招生语种。除招生语种外，学院还拥有近四十种用于教学和研究的语言资源，如意大利语、马来语、孟加拉语、土耳其语、豪萨语、斯瓦西里语、伊博语、阿姆哈拉语、乌克兰语、亚美尼亚语、格鲁吉亚语、阿塞拜疆语等现代语言，拉丁语、阿卡德语、阿拉米语、古冰岛语、古叙利亚语、圣经希伯来语、中古波斯语（巴列维语）、苏美尔语、赫梯语、吐火罗语、于阗语、古俄语等古代语言，藏语、蒙语、满语等少数民族及跨境语言。学院设有一个一级学科博士点、十个二级学科博士点和一个博士后流动站，为北京市唯一外国语言文学重点一级学科。学院师资力量雄厚：全院共有教师二百一十二名，其中教授六十名、副教授八十九名、助理教授十六名、讲师四十七名，拥有博士学位的教师一百六十三人，占教师总数的百分之七十七。

从以上的介绍不难看出，北京大学外国语学院的语言教学和科研涵盖了"一带一路"的大部分国家，拥有一批卓有成就的资深翻译家和崭露头角的青年才俊，能胜任"文库"的大部分翻译工作。至于一些北大没有的"小语种"国家，如某些中东欧国家，我们邀请了高兴（罗马尼亚语）、陈九瑛（保加利亚语）、林洪亮（波兰语）、冯植生（匈牙利语）、郑恩波（阿尔巴尼亚语）等多名社科院外文所和兄弟院校的专家承担了相应的翻译工作，在此谨对他们表示诚挚的敬意和衷心的感谢。

有好的翻译，还要有好的编辑。承担"'一带一路'沿线国家经典诗歌文库"编辑出版任务的作家出版社是国家级大型文学出版社，建社六十多年来出版了大量高品质的文学作品，积累了宝贵的资源和丰富的经验。尤其要指出的是，社领导对"文库"高度重视，总编辑黄宾堂、前总编辑张陵、资深编审张懿翎自始至终亲自参与了所有关于"文库"的工作会议，和北大诗歌研究院、北大外国语学院的领导一起，精心策划，全力以赴，保证了"文库"顺利面世。

最后还要说明的是，"'一带一路'沿线国家经典诗歌文库"得到了北大校领导的大力支持。"文库"第一批图书的出版恰逢北京大学建校一百二十周年（一八九八年至二〇一八年），编委会提出将这套图书作为对校庆的献礼。校领导欣然接受了编委会的建议，并在各方面给予了大力支持，校党委宣传部部长蒋朗朗同志从始至终参与了"文库"的策划和领导工作。至于北京大学外国语学院的领导更是责无旁贷地承担了全部翻译工作的设计、组织和落实。没有他们无私忘我、认真负责的担当，完成这样艰巨的任务是不可能的。

"'一带一路'沿线国家经典诗歌文库"第一批诗作即将出版，这只是第一步，更艰巨的工作还在后头；更何况随着时间的推移，"一带一路"的外延会进一步扩展，"文库"的工作量和难度也会越来越大。但无论如何，有了这样的积累，我们完全有理由相信，"'一带一路'沿线国家经典诗歌文库"会越来越好。为了实现这样的目标，我们期待着领导、业内同仁和广大读者的批评指教。

赵振江

二〇一七年秋于北京大学蓝旗营寓所

前　言

　　塞尔维亚地处欧洲南部，巴尔干半岛中央，这一地点自古以来都是连接东西方的交叉路口，也是东西文化的交汇之处。由于有着特殊的地缘战略重要性，塞尔维亚自诞生之日起，就是全球主要战略性力量的必争之地，它的历史也因此而可歌可泣。作为历史的承载，塞尔维亚文学底蕴深厚，丰富多彩。著名的南斯拉夫当代小说家、戏剧家、文学评论家米洛斯拉夫·科尔莱扎曾经这样说道："我们的文学在悲壮的风雨中诞生，它带着我们的文明，在世世代代连续不断的巨大灾难中前进。"[1]这句话概括了南斯拉夫文学的性质极其艰难而曲折的发展道路。百折不挠的顽强个性早已深深植根于南斯拉夫各个民族的灵魂里，塞尔维亚民族也不例外。风雨和灾难，不仅锻造了坚韧的民族性格，还为塞尔维亚的文学艺术提供了取之不尽的故事和素材。

　　塞尔维亚是一个诗香久远的国度。诗歌，作为一种文学形式，很早就在塞尔维亚流行了。早在九世纪以前，尽管塞尔维亚民族还没有文字，人们就依靠口头诗的方式，颂唱英雄的传奇、世人的生息和四季的更替。这些诗歌虽然没有留下文本，但诗歌的意象却在塞尔维亚语言之上留下了深深的烙印。九世纪以后，塞尔维亚民族接受了基督教信仰。十二世纪，塞尔维亚民族的文字在古斯拉夫语的影响下最终形成，书面文学真正诞生。到了十三世纪时，塞尔维亚宗教文学发达，传记文学取得长足发展，但诗歌相对滞后。十四世纪，奥斯曼土耳其武力征服塞尔维亚，开始了近五百年的统治。在被奥斯曼土耳其帝国统治的这段时间里，塞尔维亚人没有受教育和印刷出版的权利。尽管文人墨客仍旧活跃，但由于国家失去了主权，意味着塞尔维亚文学也失去了主要的甚至是唯一的文学题材，导致这

1　郑恩波:《南斯拉夫当代戏剧的发展》,《苏联东欧问题》一九八四年第四期。

个时期的原创文学作品数量急剧减少。文学不兴,文字不传,唯有民间的口头诗歌在文艺的黑夜中穿行。战争的残酷、无尽的痛苦、情感的哀怨、不灭的爱火以及对暴政的憎恶,不仅成为这一时段塞尔维亚诗歌的共同主题,更从此成为塞尔维亚诗歌的传统。

到了十九世纪,塞尔维亚民族摆脱了奥斯曼土耳其的统治,重获自由,回归欧洲。随着塞尔维亚民族解放运动、文化教育和科学的迅速发展,文学事业也呈现出崭新的面貌。塞尔维亚文学在欧洲启蒙运动和民族复兴思潮的影响下,明显地摆脱了中世纪文学的束缚,注重对世俗题材的挖掘和开拓。人的情感在文学作品中得到了释放,诗歌再一次成为塞尔维亚文人的乐园。这里,便是本书选辑的起点。

十九世纪诗人裘拉·亚克西奇独具气质,既浪漫又反叛。他在诗歌中抒情,在诗歌中忏悔,充满了爱国激情和战斗性,被认为是"塞尔维亚的普罗米修斯"。他的《午夜》敏感而细腻,安静得像是树叶的呼吸,却吹响了塞尔维亚浪漫主义诗歌的号角,为塞尔维亚诗坛注入一股热流。与他同时代的约万·约万诺维奇·兹玛伊,是欧洲诗歌的集大成者。他曾在欧洲游学,翻译普希金、歌德、裴多菲、海涅等名家的名作。他有一颗像孩童一般清澈的心,他真挚的情感结出了《蔷薇》之花。遭遇妻儿早逝的不幸之后,他孑然一身,死亡、苦难与悲伤转而成为他创作的主题,《枯萎的蔷薇》在寒风中瑟瑟发抖。

在浪漫主义诗歌的道路上,拉扎·科斯蒂奇比前人走得更远,也跟欧洲的浪漫主义靠得更近。他的诗作极具创造性和实验性,超出了同时代者的见识,于是没有得到他们的理解和接纳。到了今天,人们才开始重新对他进行解读和欣赏,重新在《夜莺》的酒杯里寻找他的气息。在十九世纪即将落下帷幕的时候,沃伊斯拉夫·伊里奇掀起了最后的浪潮。他才华横溢,在诗歌的形式和音乐性上做出了重要的尝试。他被认为是塞尔维亚的第一位现代诗人。他的创作题材非常丰富,打破了当时制约着塞尔维亚文化界的桎梏,影响了二十世纪的一大批塞尔维亚诗人。

踏入二十世纪,现代主义的精神冲击着塞尔维亚的文学和文化,一批伟大优秀的诗人出现了。约万·杜契奇是现代主义诗歌的代表,他的诗歌形式简单、语言朴实,运用了多种新奇的元素,饱含精致的生活经验和丰富的审美趣味。他的作品有着清新的气息和强劲的生命力,直到今天依然受读者热捧。相比之下,米兰·拉基奇要潜隐很多。拉基奇是一个孤独的人，却有一颗极其敏感的心，他的作品中充满了感伤。弗拉迪斯拉夫·佩特科维奇·迪斯是欧洲印象派的追随者，也是一位象征主义诗人。他的诗歌语气阴沉、精神扭曲，具有悲观和颓废的特征，这一种独特的病态美感也许在西欧已成气候，但在塞尔维亚诗歌当中是极少见的。

米洛什·茨尔年斯基是塞尔维亚文学中不可绕开的一个名字，是塞尔维亚文坛现象级文学天才。他自成一格，作品中饱含哲理与情感。他大部分的作品从表面上看，表达的是荒谬和悲剧感，而实际上所揭示的是宇宙万物间千丝万缕的联系。他的这点思想情趣来自于东方——中国的哲学和美学思想。"阴阳""轮回"与"无常"深深地影响了茨尔年斯基的思想，并浮现于他的作品之中。塞尔维亚文学界认为，茨尔年斯基的文学语言、表达方式、创作题材、思想理念都远远超前于同时代的塞尔维亚作家，是他带领塞尔维亚文学走向了现代主义和表现主义。东方的思想和情趣对于塞尔维亚文化来说，长期以来都是一种神秘的存在，很少有人能够真正理解，并在艺术创作中加以运用。茨尔年斯基开了先河，打破了寂静，好比往湖里扔下了一块石子，不过，等过了三十年之后，才终于有人听到了石子下水的声音，这个人就是斯特万·拉伊茨科维奇。他是一位勇敢的诗人，作品有很强的实验性，对东方的思想有所接受并加以发挥。在他的诗歌作品中，时间的概念被重新定义，诗歌的边界被突破，东方异域情调被再次引入。

爱情是重要的诗歌题材，对塞尔维亚诗歌来说也并不例外。女诗人戴珊卡·马克西莫维奇的作品把爱情的纯真与凄美演绎得淋漓尽致。她的灵感来源于爱情的激烈与甜蜜，也来源于背叛与怀疑。在抒情表达上，她有极高造诣，充分表现出了女性独有的温婉和细腻。塞尔维亚文坛普遍认为，马克西莫维奇的作品是宽广无比的，可以视其为对二十世纪上半叶塞尔维亚诗歌的概括。

诗歌是语言的结晶，塞尔维亚诗歌自然是塞尔维亚文学当中最为精华、最为多元的部分。这一部诗歌选集选取了十九世纪中期至二十世纪中后期这一百余年里的十二位代表诗人的一百余首诗作，旨在展现塞尔维亚语言之美。在编选诗歌作品时，译者颇为苦恼：诗海浩瀚，怎样才能找到最为优秀、最具代表性的作家与作品呢？况且，译者本人的认识、喜好和趣味难道就可以代表所有读者了吗？自然不可。不过看来也没有万全之计，难免挂一漏万，为了向读者呈现塞尔维亚诗歌的全味，只好斗胆一试。在时代范围的确定上，本书以诗歌较为开放、多元和包容的十九世纪中期作为起点，以诗歌较为稳定和成熟的二十世纪中后期作为终点。这一时代范围内的诗歌，一般都经过了时间的考验。在诗作的选取上，力求在代表性、全面性和可译性间取得平衡。在翻译上，译者竭尽全力保持原作的表达和味道，保持诗意的传递。非常惭愧的是，受制于水平和眼界，译作还存在疏忽和不足，还望读者批评指正。

塞尔维亚诗人米奥德拉格·帕夫洛维奇曾经说过："每一首诗歌，都是'未完成'的作品。"每一首诗何尝不是需要读者的参与，才能达到圆满。翻译只是一根接力棒，诗意的理想现在已经交到了读者的手上，等待读者去亲自实现。

彭裕超

二〇一八年二月十八日

裴拉·亚克西奇

（一八三二年至一八七八年）

塞尔维亚著名诗人、画家、剧作家、爱国者。

亚克西奇是塞尔维亚浪漫主义文学最具表现力的代表作家，同时他也是十九世纪塞尔维亚最有才华的画家，是塞尔维亚浪漫主义绘画最杰出的代表人物。

亚克西奇充满激情，充满想象力，感性而叛逆，同时充满浪漫的民族主义情怀。他对自由的歌颂、对暴政的抨击、抒情的忏悔都与浪漫的爱国主义相呼应。

他著有约四十篇短篇小说、三部戏剧和多首诗歌流传于世，但最著名的作品是小说《战士》。他的诗歌代表作有《午夜》《我该亲吻何人》等。

午 夜

闪闪星光，
划破了午夜的寂静，
穿过了茂密的树枝。
让我紧张的心跳加速——
啊，小心点啊，
小心树枝把你剐伤。

附近有一条小溪，
娇羞的花朵在小憩，
我曾经在那里留情——
啊，小心点啊，
小心树枝把你剐伤。

我会倒下，也会死去，
我的灵魂会燃烧，
我会像雪花一样，
在白色的晨曦中融化——
啊，小心点啊，
小心树枝把你剐伤。

我该亲吻何人

我该亲吻何人，我该爱何人？
我从不幸中走来，我恨我自己。
上帝啊，我讨厌人，
我的心只知道仇恨！
我亲爱的，啊，你已经不在了！
上帝为什么连你也夺去——
让我孤苦，多么残忍。
我将永远在仇恨中沉沦。

两条路

我面前有两条路：
一条花团锦簇，
一条荆棘载途。
我的双腿是铁打的，
于是选择迎难而上。

我避开了路上的鲜花，
因为它会让人双腿发麻；
花是用来迷惑女人的，
而荆棘却将磨炼汉子。

跪　下

不幸的人，跪下！
向上帝祷告，
让人和神都安静下来，
听听你的祷告。

你的罪孽
让太阳、月亮、星星
都失去了光芒！
神灵都看在了眼里。

天上的神灵，
莫非都对你视而不见？
岂有此理，
那么我只好亲自惩罚你——
我还要惩罚
你的狡诈，不忠和不义！

约万·约万诺维奇·兹玛伊

（一八三三年至一九〇四年）

伟大的塞尔维亚诗人。他出生于塞尔维亚北部城市诺维萨德的贵族家庭。在童年时代，他就对塞尔维亚民族歌曲表现出极大的兴趣与渴望，甚至尝试自己谱写诗歌。尽管更倾向于从事医学研究和医疗工作，兹玛伊后来还是遵从了父亲的愿望，去到布达佩斯、布拉格和维也纳等地学习法学。完成学业后，他回到家乡，在政府部门中担任官职。他对诗歌的欲望非常强烈，以至于一年后他放弃政府部门的好差事，全身心投入到文学创作中。

他的文学生涯始于一八四九年。他的第一首诗歌作品于一八五二年发表在一本名为《塞尔维亚年鉴》的杂志上。后来他的许多早期作品都在这本杂志上发表。从那时起直到一八七〇年，他除了诗歌创作，还翻译了许多外国诗歌，如两位伟大的匈牙利诗人裴多菲和亚诺什·奥洛尼的作品。一八六一年，他在漫画杂志《蚊子》担任编辑，同年他创办了文学杂志《亚沃尔》，并为这些杂志贡献了许多诗歌。

也是在这一年，兹玛伊步入婚姻，并在随后的快乐岁月里创作了大量主题欢乐的诗歌，结为抒情诗集《蔷薇》出版，受到读者们的热烈欢迎。一八六三年，他在布达佩斯重新开始了医学研究，并获得了医学博士学位。其间他也没有停止自己的文学创作。他在布达佩斯创立了文学协会，并将他的大部分精力投入到这个协会的工作中。一八六四年，他创办了著名的讽刺杂志《龙》（Zmaj），这本杂志声名大噪，以至于他后来以"Zmaj兹玛伊"作为自己的笔名。

一八七〇年起，兹玛伊一直在医生的岗位上辛勤工作。他是火葬的忠实倡导者，并投入了大量时间和精力来促进这一事业。

一八七二年，兹玛伊的妻子病逝，不久之后，他们唯一的孩子也离开人世。这些不幸完全改变了兹玛伊的创作主题和文学风格。在这段时间里，他不仅写诗，还发表了许多迷人的儿童诗，也进行散文和小说的创作。

总的来说，兹玛伊的诗歌写作范围极广，包括抒情诗、爱国诗、政治诗等，但以儿童诗（童谣）闻名。他的童谣已经深入塞尔维亚民族意识的骨髓之中，人们口口相传，能随口哼出。同时，他也是一位杰出的诗歌翻译家，翻译过普希金、歌德、海因里希·海涅、朗费罗等著名诗人的不少作品。

他的诗歌代表作有《蔷薇》（诗集）《枯萎的蔷薇》（诗集）《索求一个吻》《当我想起》等。

哈菲兹[1]之墓

他向人举杯，
高唱凯歌。
天堂的甜蜜，
他贪求无度。
世间的欢愉，
他无所不图。
现在他的灵魂
被火焚烧——
原因他自己明了。

1　哈菲兹：阿拉伯语字面上解作"守护者"，是现今穆斯林用语，指能够完全
　牢记《古兰经》的男子。在传统上，"哈菲兹"是指熟知及牢记至少十万
　条圣训的学者。

索求一个吻

我求小女孩，
给我一个吻。
她把吻给我，
突然又后悔；
想要一首诗，
当作是回馈。

当你想要我的诗，
会给我什么作为回报？
把你怀里的心给我吧，
它才是诗的灵感之源，
我的清晨阳光！

当我想起

我的甜心，
当我想起
你脸上的红光，
我就给自己倒了一杯
粉红葡萄酒。

但是，当我想到
你的黑色双眸，
我不知所措，
又给自己倒上一杯
深颜色的酒。

我一边喝，
一边唱，
一边哭喊，
悲喜交集，
仪态尽失。
我感觉自己为爱所伤，
只好借酒慰愁肠。

你的母亲在窗前看着我，
笑出了声。
亲爱的夫人啊，
您不要笑我大醉酩酊，
只怪您的千金，
让我一见倾心。

神秘的眷恋

女孩深吸了一口气，
我也深吸了一口气，
我们的气息
缠绵在一起。

它们飞向春华，
飞向锦绣繁花，
风信子敞开心扉，
将两股气息接纳。

夜莺陶醉在
风信子的香气里，
哼起一首歌，
有晨曦伴和。

夜莺的歌声，
传到了我们耳朵里，
我们又一次深呼吸，
两股气息再度交织。

气息飘到远处……
夜莺每个晚上都会飞来，
把念想归还。

早晨，
夜莺给我唱歌，

我们静静听着，
渐渐明白了歌曲的情意。

啊，风信子啊风信子！
你是我明媚的阳光，
啊，春天啊春天，
你是我神秘的眷恋。

洒在田野上的雨

洒在田野上的雨
像是露水。
少女身上
仅穿了一件衬衫。

衬衫材质酥软绵绵，
洁白如雪，
她的双腿隐约可见，
恍若曦轩。
让我思绪流连，
思绪流连。

她沿着狭窄的小路走去：
"温煦的阳光啊，
亲爱的，带我走啊！"
小路仿佛听懂了一样，
急转一个弯，
拐向了森林。

小路啊，你活像强盗，
却依旧荒芜！
不过，我的信仰
也不过如是。
我会迎头赶上，
森林苍翠欲滴，
却不如少女的嘴唇
柔软甜蜜。

摸 象

六个伙伴起行，
前往遥远的印度，
他们希望看一下大象——
因为从来没有见过。
一位老者对他们说：
"你们的愿望虽好，
但是，你们不可能看见大象，
因为你们是瞎子啊。"
是的，他们的眼睛的确是看不见，
但是他们齐声说道：
"我们的手有触觉。"
好吧，既然如此，
他们一行六人便出发了，
到达了印度，
遇到了大象。

第一个人从大象的侧面
走近了大象，
伸手去摸，摸到了象身体，
然后说：
"它很宽啊！
我不需要眼看了，
大象就像一堵墙！"

第二个人站在了大象的正前方，
于是他摸到了长长的象牙。

他说："我现在知道了，

大象就像我家门前的木桩！"

第三个人也站在大象的正前方，

他摸到了大象的鼻子。

他着急地说：

"我现在也知道了，

大象就像是一条巨型的蛇。"

第四个人站在大象的身后，

他摸到了大象的腿。

他说："感谢上帝，

我现在知道了，大象就像木墩。"

第五个人也过来了，

他向上伸手，

只摸到了大象的耳朵。

他说：

"大象就像是一面大扇子，

简直一模一样。"

第六个人走到了大象身后，

他伸手摸到了大象的尾巴。

他反复地摸了很久，

然后说：

"大象就像一根粗大的绳子。"

后来，

六个人讨论了很久很久，

不知道谁才是真正对的。

他们每个人都有一点点道理，
但是仅此而已。
却没有一个人
懂得了大象的全貌。

挣　脱

有一个想法，
它像闪电，
那么迅猛，
那么闪亮。
它让我的灵魂离开了肉体，
成为不可说的秘密。

灵魂扶摇直上——
逃离了我的视野；
我感觉非常痛苦，
为它感到难过。

你还会回到我身上来吗？
我一定会保护好你的色彩，
我的思想啊……我的欲望……
我的回忆……以及？

穿越深夜的宁静，
它悄悄对我诉说：
"我不会回来了——
但终有一天，
你会来到我这里。"

蔷　薇[1]（第五）

啊，小姑娘，

你为何如此悲伤？

"我刚才做了一个梦，

梦见你没有心肝！"

啊，我的小心肝，

刚刚当你在做这个梦的时候，

我的心被你掏走了。

1　《蔷薇》和《枯萎的蔷薇》是约万·约万诺维奇·兹玛伊的两部诗集。其中，
《蔷薇》主要收录的是兹玛伊早期的爱情诗。兹玛伊的一生遭遇了不幸，
他五个孩子当中四个夭折，最后他的妻子也早早地离开了人世。苦难改变
了兹玛伊的创作，在后期的诗歌中，他不断地探讨人类情感的痛苦和悲
伤、生命的短暂，以及人在死亡面前的无能为力。这一批诗歌辑录为《枯
萎的蔷薇》出版。

蔷　薇（第二十一）

"在漆黑的夜晚里，
太阳也会发光吗？"
答案就是
你漆黑的眸子。

蔷 薇（第六十一）

我写诗歌
有什么好处吗，
难道它们有用吗？
在我的身边，
亲吻就如歌声！

如果，
连亲吻这样的小精灵
也知道唱歌，
那我为什么还要沉默？
凭什么要我沉默？

枯萎的蔷薇（第一）

时间继续流淌，
旧事已成过往，
我早逝的至亲，
替我抵御死亡。

他们浸润在无量的光，
呼吸着天堂的空气；
脸上的影子逐渐消失，
身体的线条逐渐迷离。

我仔细地看着他们，
他们身上的光环
越来越亮，
越来越亮……
他们的灵魂随光流淌。

一刹那间，
他们都来到了我的眼前，
可是我认不出，
哪个是我的妻子，
哪个是我的母亲。

我在找我父亲的照片——
对，这就是了——
但是这是一幅崭新的照片——
照片里有我的朋友们。

我在找我孩子们的脸，

他们很早就倒进了坟墓——
我把他们合葬在一起。
顺着他们的笑声——
你还会找到我年幼的妹妹。

我呼天抢地：
爸爸啊、妈妈啊、妻子啊、
德鲁兹、孩子们、妹妹啊！
我凄凉的泪水
反射着灵魂的光。

大概只要跨过一道鬼门关，
我就能跟他们团圆。
但是，如果鬼门关后面什么都没有呢？！
——那我们是否还能相见？

我献上伤心的花圈，
这是我亲手扎的。
只要我们围着花圈，
就可以拥抱对方。

既然我不能把花圈扔到天上，
那就让一切保持原状吧。
它既是我的纪念碑，
也是我们所有人——
整个塞尔维亚民族的纪念碑。

枯萎的蔷薇（第六十一）

我现在明白何谓一霎永恒，
也明白了何谓永无止境。

如果用这些标准来衡量幸福，
那完全行不通。

如果想体会幸福的甘甜，
那就先感受痛苦的艰涩。

如果一个人在幸福中死去，
——他将落入虚空。

而如果在悲伤中死去，
——痛苦将使他圆满。

拉扎·科斯蒂奇

（一八四一年至一九一○年）

　　塞尔维亚浪漫主义诗人、剧作家。他才华横溢，自成一格。他的著作丰富多彩，表达方式迂回曲折。他是第一个将五音步抑扬格引入戏剧诗的人，也是第一位把莎士比亚作品翻译成塞语的塞尔维亚人。

　　一八五九年，十八岁的科斯蒂奇开始承担翻译莎士比亚作品的任务。一八六○年他开始和著名作家约万·安德雷耶维奇合作，翻译了莎士比亚的作品《理查三世》，并于一八六四年出版。该书的翻译质量非常高。他本人还负责剧本《罗密欧与朱丽叶》和《哈姆雷特》的翻译。除此之外，他还翻译了许多其他外国作家的作品，其中包括荷马、海因里希·海涅等。

　　他还是欧洲语言和文学的博学家，博采众长，给塞尔维亚文学带来更广阔的视野，更大胆的、具有独创性的诗歌元素。在他的抒情诗中，常常探讨普遍日常话题和人类关切，特别是人与上帝、人和社会之间的关系。但他最重要的贡献是在文体和语言方面的创新。与其他任何一位塞尔维亚诗人相比，科斯蒂奇都要更接近于欧洲的浪漫主义。他自由大胆地尝试，但遗憾的是，他诗歌的先进性并没有被他的时代所接受，到了今日，科斯蒂奇才开始被重新解读与欣赏。

评论界和读书界对科斯蒂奇都给予了高度评价。评论界认为，拉扎·科斯蒂奇是塞尔维亚浪漫主义文学的最后一位伟大诗人。读者们普遍认为，科斯蒂奇是塞尔维亚现代诗歌的开山鼻祖，是其后盛行的先锋派和其他创造性、实验性流派的前身。

他的代表作品有《半梦半醒》《夜莺》等。

做　梦

我做着梦，
想着做梦，
梦像黑暗中的珍珠一样
闪闪发光，
我在梦中生活，
我在梦中呼吸，
但梦太琐碎，
我无以尽书。

我做着梦，
想着做梦，
我想把梦境画出来，
但画面转瞬即逝，
仿佛早晨的露水，
刚上心头，
瞬间流走。

你胸口上的珍珠
如被冰封的晨露，
它们把梦境冻结，
我才把画面留住。

半梦半醒

我的心啊，
你独自一人，
是谁把你叫到我家门前？
你就像不知疲倦的织女啊。
你把纱织得那么薄，
薄得像现实和梦境之间的界线。

我的心，疯狂的心，
你要拿这张薄纱做何用呢？
它已经很老很旧，
白昼把它织好，
黑夜又把它解开，
现实和梦境又怎么分清。

我的心啊，
愤怒的心，
一声雷鸣会把你杀死！
为何不趁着还有生命，
让我透过纱把你辨明。
现实和梦境无法分清。

相 爱

亲爱的，
我们相爱，不是吗？
那么，
还有什么能把我们分开？
难道是命运，
还是灾祸，
要把我们拆散？
它爬上了你黑色的眼珠，
钻进了你乌黑的头发？
张开你洁白的双臂吧，
走过来，
紧抱我，
紧抱这团火，
用力抱紧；
任凭厄运降临，
烈火将把它燃成灰烬。

不幸的土地

唉，不幸的土地啊，
你厚颜薄耻，
充满了邪恶，
结的恶果比沙子还多。

山丘、山岭和沟壑，
以及蓝色的河。

这些都是给你
遮盖罪恶之身的伤痕，
上帝将你抽打，
留下无数淤青。

带着痛苦和愤怒，
你想要飞向宇宙，
粪土却让你的伤痕
开出了黄色的花朵。

你的伤痕惹来了野狗，
它们伸出舌头，
舔遍你的身躯，
舔着你的伤口。

它们一边舔着你珍贵的泥土，
一边在自我安慰地说：
这可不是泥，而是金子。

唉，不幸的土地啊，

你厚颜薄耻，

充满了邪恶，

结的恶果比沙子还多。

夜

啊，月光，

我的爱人！

啊，夜，

我的爱人！

啊，星星，

你的一个吻，

紧紧地抓住了她的眼睛。

啊，夜！

啊，星星！

啊，月光！

你们就是我的梦境吗？

我白天的所思，

激烈的所想？

不过无论怎样，

你们都像是我心之所属：

恰如其分，

毫无二致。

我真正的所爱，

正如夜里的梦，

她来自炽热的日辰。

夜　莺

我的孩子，
你为什么如此忧伤？
是因为看不见远处的山峰吗？
为什么你的手如此苍白？
是不是因为抓到了白色的狐狸？

张开双手，
把温柔的胸脯
藏在刺激的气味里。
就像我用狂热的诗歌
把斑驳月色激荡起。

不知道多少个早晨，
多少个夜晚，
我只有在诗歌中保持了清醒，
于是我又有了方法
去找到你。

难道你就从来没有过
哪怕一次，
从灵魂深处感受到我的气息？
在盛放干邑的酒杯里，
找到我温柔的踪迹？

沃伊斯拉夫·伊里奇
（一八六〇年至一八九四年）

　　著名的塞尔维亚诗人。他出生于贝尔格莱德的中产家庭，家境富裕。一八八五年，伊里奇作为志愿军官加入塞尔维亚军队，被派往保加利亚。一八八七年至一八九二年间，伊里奇担任政府印刷局出版社的编辑。一八九二年，他在罗马尼亚的一所塞尔维亚文法学校任教。同年，他被任命为内政部新闻秘书。

　　伊里奇于一八八七年在贝尔格莱德出版了自己的第一本诗集《诗歌》后，一举成名，被认为是当时塞尔维亚诗坛最有才华的诗人。他极具影响力，以他的名字命名的"沃伊斯拉夫主义"成为塞尔维亚文学界的新潮流。十九世纪九十年代盛行的"沃伊斯拉夫主义"深深地影响着塞尔维亚诗坛的创作氛围和写作生活。与他同时期的著名文学批评家约万·斯凯里奇称伊里奇是"最伟大的塞尔维亚诗人"。

　　伊里奇影响了一大批塞尔维亚诗人，如约万·杜契奇和米兰·拉基奇等。这位天才诗人在不满三十四岁时去世，但毫无疑问的是，他取得的成就是巨大的，他的艺术贡献也是巨大的。评论家斯凯里奇这样写道："沃伊斯拉夫·伊里奇对十九世纪九十年代塞尔维亚文学的贡献意义深远，是他为浪漫主义画上句号，将我们引入新的方向——沃伊斯拉夫主义！"

他的经典诗歌有《凛冬将至》《挽歌》《荒凉的一天》等。

凛冬将至

一棵被雷劈过的树，
矗立在荒芜的山头，
活像个黑暗的巨人。
繁茂的杂草
像腰带一样，
盘在它身上——
不羁的山风，
摇曳着多彩的花朵。

严冬已经来临，
它伸出冰冻的手，
扯下了点缀着山头的
花草树木，
让嶙峋的怪石
体态裸露。
不过，这只是开始，
凛冬已经迈开脚步。

挽 歌

这是一个寒冷的秋天，
一个暗淡的夜晚，
夜幕笼罩着空旷的田野；
凛冽的寒风
穿过干枯的树叶，
像锋利的海浪，
切开了潮湿的雾气。

四处没有生命的痕迹，
玉米秆子早就枯萎；
小雨淅淅沥沥，
远处的小村庄
传来了傍晚的钟声。

我看着朦胧的秋日——
心里的恐惧让我凝神屏息。
啊，当生命在安静的梦中渐渐熄灭，
梦想和欲望又有什么意义呢……

荒凉的一天

雾海缭绕，
雨点淅沥……
日辰在安静地流逝，
山荒岭秃，
田野荒芜。
一切在死寂中流淌，
没有一点生机。

无边的寂寥
统治着荒凉的土地，
我心情冷漠，
不见一丝希冀。

我双眼迷离，
看时间在困顿中流走。
远处传来的沉闷钟声
在空气里蔓延，
很久都没有散去——

肯定又是有人死了。

晚　秋

你听，风号叫着
刮过我们荒芜的田野，
让腾腾的雾海
在潮湿的空气里卷起了波涛……
一只乌鸦张着翅膀，
在我的头上盘旋，
天空是模模糊糊，
铁灰一片。

一匹瘦小的马打着响鼻，
匆忙地跑向村里。
残破的老房子
出现在我眼前：
一位老妇人
在门前喂着浑身湿漉漉的鹅，
一只大灰狗
摇着尾巴靠在妇人的腿边。

荒凉的风
吹过了黑暗而荒芜的田野，
让腾腾的雾海
在潮湿的空气里卷起了波涛……
一只乌鸦张着翅膀，
在我的头上盘旋，
天空是模模糊糊，
铁灰一片。

灰暗阴沉的天空

灰暗阴沉的天空……
干涩的风
卷起了地上的落叶，
把它们驱赶到了老栅栏的角落。
秋天的颓丧
让一切变得暗淡荒凉，
失去了生命的光芒。

死亡降临于疲倦的大自然之上，
安静地把它带进了鬼门关……

悲伤在安静中凝噎，
送葬的队伍沿着泥泞的小路前行。
一匹瘦小的马，轻轻地拉着灵柩，
长长地伸着脖子——
雨点稀稀落落，
心不在焉，
一切缓慢持重，
不失庄严。

星　辰

夜空温柔而晴朗，
月色皎洁，
星河璀璨，
沉入甜蜜的梦乡。

繁星闪着光芒，
穿透了空气……
却在一息间
消失于无垠的黑暗。

这是谁的星星？
只有上帝知道！
它温柔而平静，
星河浩瀚无垠。

幻　象

她神圣的画像
昨夜出现在我的梦中：
她荒凉而苍白的头上
顶着绿色的花环。

她慈祥的眼睛，
昔日的安详圣地，
如今却失去了光芒。
她的灵魂，带着疑虑
飘向了无际的远方……

灵魂失去了旧日的圣光，
沉沦、徘徊于幽暗。
梦境被天色唤醒，
我却感到更加沮丧。

告　解

一条破烂的船，
没有罗盘，没有希望。
我心中的信仰已然失去，
并且死于异乡；
我再也不信仰任何东西，
或者准确地说：
我干脆什么都相信，
不加甄辨。

人的生活是苍茫的海。
我过早认识了这个世界；
对我来说，
生活只是无用的影子，
对我来说，
生活只是有毒的花朵。

生活就是苦难……
我亲爱的朋友，
我思考过很多——
那些从不思考的人
才真幸福，
那些不懂何谓凄凉的人
才不至于悲伤。

沃伊斯拉夫·伊里奇

阿尔卡迪亚[1]的快乐

在于没有荆棘，

也没有嶙峋怪石；

据说那里也有崎岖的峡谷，

只是从未有人亲眼见过。

对于那里的人来说，

世界就是一座玫瑰花园，

所有的花朵都含苞待放，

灵魂就像平静的湖面，

从来不会有落石激起波澜。

生活是一片可怕的混沌海洋，

强烈的激情才是罪恶的海浪，

它给人类带来苦难，

主宰着命运的浮沉。

1　阿尔卡迪亚：指的是人的放牧与自然界和谐相处的愿景。该术语来源于同
名的希腊地方，该地是山地地貌，人烟稀少。后来，"阿尔卡迪亚"这
个词发展为一个诗意的代名词，指代田园诗般的愿景和未受破坏的荒野。
阿尔卡迪亚还是一个充满诗情画意的空间，既有丰富的自然光彩，又不失
和谐。

约万·杜契奇

（一八七一年至一九四三年）

著名的塞尔维亚诗人、作家、外交家。出生于黑塞哥维那[1]小城特雷布涅的商人家庭。一八九三年，杜契奇在不同地方辗转，以教书为生。一八九四年，杜契奇因写作塞尔维亚爱国主义诗歌而被奥匈帝国当局调查，继而被驱逐出境。一年之后，杜契奇到了波黑的莫斯塔尔教书，结识了著名的塞尔维亚诗人阿列克谢·山蒂奇，在后者的引荐下进入文学圈子。杜契奇还创办了文学杂志《黎明》。由于公开批评波黑加入奥匈帝国的倾向，主张塞尔维亚爱国主义，一八九九年，杜契奇被当局逮捕，失去了工作。获释后，他前往海外学习，来到了日内瓦哲学社会学院深造。一九〇七年回国后，他进入塞尔维亚外交部工作，开始了传奇的外交生涯。他曾任南斯拉夫驻罗马尼亚的首任大使，后又在伊斯坦布尔、索非亚、罗马、雅典、开罗、马德里和里斯本等地派驻。

不过，比他的外交生涯更加辉煌的，是他的文学

1　黑塞哥维那：波斯尼亚和黑塞哥维那（简称波黑）南部地区的名称。波斯尼亚及黑塞哥维那之间并没有真正的边界，非正式的界线为黑塞哥维那的南部山区伊万山。

成就。杜契奇是塞尔维亚现代文学的代表诗人，同阿列克谢·山蒂奇、米兰·拉基奇齐名。在创作初期，他受到沃伊斯拉夫·伊里奇的极大影响，但后来他逐渐将目光投向法国高蹈派、颓废派和象征派诗人。杜契奇深受阿尔贝·萨曼[1]、莫里斯·波利多尔·马里·贝尔纳·梅特林克[2]等诗人的影响，形成了自己独特的诗歌语言。他的诗歌里充斥着地中海达尔马提亚[3]的贵族情怀，吟唱着"远方公主"的美丽传说。杜契奇将各种新奇的元素结合起来，用自己的诗歌语言、文学实践来打破东正教信仰对塞尔维亚诗歌创作的桎梏。他的诗歌作品具有鲜明的独创性，给塞尔维亚文学界带来一股清新的气息和强劲的生命力。直到今天，杜契奇的诗歌依然极受读者欢迎。

一九四三年，杜契奇在美国病逝。他的代表作品包括《人对上帝说的话》《等待》《巢》《十一月》等。

1　阿尔贝·萨曼（一八五八年至一九〇〇年）：法国象征派诗人。

2　莫里斯·波利多尔·马里·贝尔纳·梅特林克（一八六二年至一九四九年）：比利时诗人、剧作家、散文家，一九一一年诺贝尔文学奖获得者。

3　达尔马提亚：克罗地亚南部、亚得里亚海东岸的地区，东接波斯尼亚和黑塞哥维那。以屋大维时代罗马的达尔马提亚命名。

人对上帝说的话

我知道你就隐藏在光辉之海。
你的预言
已然实现。
天地对你声音充耳不闻，
但在我们中间，
你的声音清晰可辨。

你存在于人心，
而不是意识里，
这使你充满了矛盾，
无法言喻。
不过意识和心
总有时候会在桥上相遇的吧。
能与无能，
转瞬永恒！

这条路会把我们引向你的，不是吗？
终点和起点
本来就是一样？
是谁用封印来保护你，
使你刀枪不伤？
又是谁
敢游走在你可怕的刀刃之上？

在清晨时分，
我们的容貌会与你相像？

如果不像，

对我们来说是多么痛苦啊，

如果像，

那对你来说又是一次苦难。

人性从哪儿来，它又是何样？

人性是属于你的一部分吗？

还是你的对立面——

因为不存在第三种可能性了！

看，你的祭坛逐渐冷却，

而闪耀着的蜡烛

也逐渐暗淡。

世界只剩下孤苦和恐惧，

人们灵肉分离，

自顾不暇。

生死只在瞬息之间：

人将永远疲于奔命。

等　待

最后的神圣时刻终会到来，
我们平静地等待，
互相道别：
死亡的时刻来到了，
就像别人所说：
是时候回家了。

在空虚的地平线的尽头，
我看见黑暗与光明交织，
最后平静地凝结成伤悲的泪水，
那种我从来没有遇见过的伤悲——
在阳光明媚的清晨，
在碧绿河流的尽头，
我们互相寻找；
或是在曳航的午夜，
清冷而苍白的月光
久久凝固，
照在沉睡的水面上。

时间慢慢流淌，
我们疲惫地等待着
与神灵相遇的时刻。
我们会说：
死亡的时刻到了，
就像别人所说：
是时候回家了。

静　默

剩下的，
没有说出口的，
是最可怕的话语，
你的眼睛
像黑夜一样沉静，
它们看着我，
听我诉说；
我的痛苦在你耳边沉吟。
这未曾说出口的话
成了一首赞歌：
既不是关于迷途，
也不是关于谬误。
当安静来临，
这些话语将饱含
所有纯净的梦想，
以及痛苦的渴望。
温柔的乐曲饱含爱意，
却戛然而止，
平和的祷告
从灵魂深处悄然荡起。
不要让话语成为谎言，
也不要让痛苦发出声音。
拥有着思想的石头不耐寂寞；
满载着信仰的泪水不容滴落；
承托着誓言的时日不为人知；
蕴含着痛苦的沉默终被打破。

灵　魂

亲爱的，
你为何日夜哭泣：
遗失的幸福
也依旧甜蜜！
灵魂的苦涩
把失落向你重提，
告诉你
那正是灵魂之所珍惜。

不要让苦涩泪水模糊你的眼睛，
尽管会远逝，
但幸福永远不会死去。
远方传来的悠扬回音
正是灵魂对你的倾诉。

寂静的晚上，
悲伤的林中，
河流盛满星光，
阴影遍布山川……
耳边的曲调并没有颤抖，
灵魂将它捕捉感受。

巢

我把自己的巢筑你的头上，
这里比雄鹰或燕子的家更为温暖；
大风吹走枝叶，
而巢
像一朵巨人之花，
依旧努力生长。
当天色幽暗，
有星光相伴，
当阳光普照，
它像杯美酒；
蛇在半路停下，
就地死亡，
它高高在上，
可以够得着的
只有死者的眼光。
巢里有林子的宁静，
当我难过的时候
还有清晨河流的歌声陪伴，
以及，漫山遍野
开花的香气浓烈——
到何时我才会长出金色的羽毛。
我把自己的巢筑你的头上，
不会有人知道巢的位置——
它就像一颗
不小心搁浅
在银河岸边上的星星。

我和神之间的路，

竟是这一只奇异的

像纯真的童话一般的——巢。

彼岸的声音

传过来给人听。

那一种声音，

来自于一种

从未被人听见过的痛苦。

十一月

秋天的天空是铅灰色的，
空空荡荡，
在高处延展开来。
田野一片荒芜，
山峰被雪覆盖。
无聊而黑暗的夜幕款款降临。
像是一个病人
在苍白的河水上走。
柳树的枝条掉落在病人的身上。
他发出了嘶哑的哽咽与呻吟——
那是风刮过高处的树枝时发出的哭声。
冰霜结在了残株上，
路面变得潮湿泥泞，
夜莺哀鸣着飞起。
夜幕最终降临在死寂的森林；
万籁俱寂……
我不知道为什么我只能悲伤地待在这里，
我既不埋怨，
也没有别的念想。
我也不知道为什么我想要躲藏，
只是想找个没有人的地方，
长久地哭泣……

终　结

我想在你的心里，
在那深沉的悲伤之后，
留下一段长长的回忆：
当往事尽散，
你还会感到，
快乐中有着苦楚，
悲伤中带着欢愉。

当所有散落，
我的爱
将在你身上消亡，
就像蔷薇在灰暗的天儿里
凋谢：释放香气。
痛苦的灵魂
比芬芳
更加久远。

时光飞逝，
当恩怨都被时间了结，
当你想要再一次听见我的名字，
我希望这一次你用心来听，
把它当作一丝耳语，
一个轻吻，
或者一声叹息。

夜

夜色降临，
星星从河底散出光芒。
杨树枝头的安宁
掉落到草地上……
天使们摇着梦的船桨。

我的身体随着天光逐渐消失，
不知名的路
不知通往何处……
缓缓地，
如同花朵枯萎那般，
凋谢在寒冷的深秋。

而在某一刻，
所有的一切
都在向往着最后的梦想——
冰封在河底的星星
又会替谁把梦圆圆？

黄　昏

天光渐暗，
熏染成了棕色，
十月的太阳
从山丘后发着微弱的光……
你的灵魂
回荡着痛苦的闷响，
深沉的眼底
已被沉重的泪水浸润。

你的花园里，
日子在绝望地燃烧；
在黑暗的阴影里
泪流如涌泉；
山林沙沙作响，
如同毛毛细雨，
而在你心头上
却萦绕着我的诗韵……

诗歌的音韵飘渺，
如同一眼神秘的热流，
穿过树叶，
穿过星星，
穿过阴影，
不断倾泻：
每一行都含着凄切的泪水，
每一段都有一颗炽热的心。

回

等你再一次向我走来的时候，
请再靠近一些吧，
不过，
别再以儿女情长。
而是像妹妹拥抱自己的哥哥那样，
以柔软的臂弯
化解我心中的苦难。

回忆既是绝望，
又很冗长，
请你绝不要再想起我了。
深沉的悲伤
透着一点光明的欢愉，
像是黑夜深处的阳光。

可是你并不知道，
可怜的你啊！
我日复一日，
不知道疲倦地
把所有的爱都给了你。
我对你的热爱
早已超越一切度量……
而你，却依旧只是别人的影子。

米兰·拉基奇
（一八七六年至一九三八年）

著名的塞尔维亚诗人。出生于塞尔维亚首都贝尔格莱德。他在贝尔格莱德完成了小学和中学学业，在法国巴黎法学院完成大学学业。从巴黎回国后直到辞世，他一直是塞尔维亚（后来的南斯拉夫政府）的外交官。

拉基奇的诗歌作品不多（共六十四首），却广为流传。他的创作以爱国诗歌和宗教诗歌为主。就算在浪漫主义思潮盛行的时期，拉基奇的作品也深受尊敬。他的诗歌特点是专注于十一音节和用词平民化，诗歌中往往有着美丽的韵律和平衡。他常以丰富的辞藻和冷静的意象来达到自己诗歌的韵律与节奏。死亡和不存在性常常成为他诗作的主题，诗句语义中的怀疑和讽刺也是他作品的特色。他的诗歌语言流畅，没有过度的模糊感或戏剧感。他是一个高度的完美主义者，因此一生只出版了两本诗集，一本出版于一九〇三年，另一本则出版于一九一二年。他最著名的诗包括《永远的旅行者》《等待》《真诚的诗篇》《绝望的诗》等。

一九三八年，他在克罗地亚首都萨格勒布去世。

永远的旅行者

主啊，命中注定
我要在同一所房子里
出生、生活和死亡，
一辈子足不出户，
窝在墙角里自言自语。

我把我整个生命
都奉献给了白色的世界；
我用血染红了每一座城池，
我把心寄托在了每一个地方，
它到达过每一个翻起浪潮的海岸。

有人把我的项链扯断了，
链条上的珠子纷纷落地。
我的日子就像这些珠子
到处失散。
我的生活也因此成为
冗长的苟且。
寂寥苍白，
百无聊赖。

主啊，
我现在强忍着沉默，
面向着死亡的北方，
死寂的海洋，
那里没有鸟儿歌唱，

也没有树林的沙沙响。

冷杉的枝干

被白雪严严覆盖，

像是被凝固住的炊烟。

早晨的雪把树干压断了，

把木房子统统掩埋。

在茫茫的雪地里，

教堂的钟楼，像是胜利的旗帜。

我想的却不是这样的白，

一股古老的渴望

在我的心中油然生起，

它在悄悄诉说，

像黑夜里的泉流，

在我眼前营造了一幅古老的画面。

我看到了光彩非凡的远方。

那里阳光灿烂，

有两条河流交汇。

河上停泊了几艘船，

船上装着沉甸甸的货物，

准备起航远方。

平静的河面

就像黑夜里的泉流，

在河流之上，

是古老的城堡

和教堂的钟楼。

枷　锁

很久很久之前，
人们给我套上枷锁，
耻辱！
我有罪过吗？
为什么——
没有一个人说话，
连黑暗都沉默。
人们给我套上枷锁，
可恶！

他们把枷锁上得很紧，
不让我看见他们的脸。
但是那可笑的声响
我还听得见。
我的骨头被压断了，
皮和肉也流出了血。
他们把枷锁上得很紧，
不让我看见他们的脸。

尖叫声响彻了四周，
被套上枷锁的
还有孩子和妇女。
不知道是谁，在折磨他们。
尖叫声响彻了周围。

来吧，锁得紧一些，

再紧一些！

我的骨头还没有全断，

我的血液也没有流光，

我的气也还有一口。

来吧，锁得紧一些，

再紧一些！

啊，我现在正快乐地对你笑，

这是受害者对用刑者的讥讽。

这就是你折磨人的能耐了吗？

看来你想不出什么花样了吧？

啊，我现在正快乐地对你笑。

放马过来吧，

折磨我吧，

再锁紧一些，

但是你要知道，

我还是守口如瓶，

我不会透露一个字，

也不会求饶，

不会呼喊。

放马过来吧，

折磨我吧，

再锁紧一些！

等轮到你折磨孩子和女人，

他们凄惨的哭声和喊声

将把我淹没。

就像是奴隶一样，

跪在恶灵的面前，

尖叫着，诅咒着，哀号着。
我的灵魂会冷静地往高处腾飞，
像一只海燕
展翅越过海洋。

复　原

我希望以一个神圣的葬礼，
来埋葬那些人们称之为过往的东西。
我希望给你带来新的灵魂，
一个没有污迹的灵魂——
就像一张白纸。

我希望到那个时候，
你的头发会滑落在我的身上，
给我一个吻。
我会像从前一样
纯洁而善良，
就像第一次感受到
女人的魅力时一样。

在你的无穷无尽的魅力里，
不再有伤害我的东西，
我复原的灵魂
再度感受到了初夜的光。

美妙的歌声筑起了爱巢，
椴树散发着香气。
杨树的叶子婆娑起舞，
天空中闪烁着美丽的月光，
新星的光芒
冉冉升起，
无声无息。

等　待

我在一棵老桑树的树荫下等待，
等待着月亮下山，
月光被阴影遮蔽，
蜿蜒的小路
慢慢变暗，
等你向我走来，
充满渴望。

我等待着，
分分秒秒在慵懒地流淌，
远处的钟楼的钟声响起来了。
晨光熹微，
星河渐暗，
我还在等待——
我可以一直等下去！

啊，究竟是什么
让我对一条小路，
一个身影如此希冀？
当你洁白的手触碰到我时，
我的灵魂为何战栗，
我的心情又为何激荡起伏？

在你美丽的神奇光芒面前，
一切都凝神屏息，
失去力气。

你目秀眉清，

有着不可抵抗的魔力，

我跌跌撞撞，

步履蹒跚，

要向你奔去，

渴望把生命献给你，

还有我灵魂中的敬畏、真诚与不安……

祷　告

当阳光洒在远山上时，
请你在你的祷告词里
提起我。
因为你知道，
我的心总被有害的想法困扰，
胆怯得像个孩子一样。

你纯洁的灵魂
如热纳维耶芙[1]，
把自己的祝福

1　热纳维耶芙（约四二二年至约五〇二年）：法国巴黎的主保圣人，生于巴黎西郊的南戴尔。她还是个小女孩时就已经决定终身过贞洁的生活，而且把时间都用到祈祷和沉思上。在其父母过世后，她来到巴黎，照顾贫穷及生病的人们。传说她从十五岁开始一直到五十岁，每周只进食和喝水两次。
传说她阻止了匈奴国王阿提拉对巴黎的入侵。在阿提拉逼近巴黎时，她动员巴黎的女人们都来祈祷，男人们都来保卫城市。男人们不相信她，想用石头砸死她，而女人们则真的和她一起祈祷，结果阿提拉果真撤了兵。
传说她还对当时的法兰克国王克洛维一世（约四六六年至五一一年）皈依基督教做出了贡献。这位国王是欧洲第一位接受基督教洗礼的国王，从而使法兰克王国得以基督教化，这对整个欧洲历史都有着非凡的意义。
圣女热纳维耶芙逝世后被安葬在巴黎的使徒教堂，这座教堂在十二世纪时被重修，并从此改名为圣女热纳维耶芙教堂。由于圣女热纳维耶芙把基督教教理传授给了法兰克国王，形成了和法国王室的特殊关系，这座教堂于十八世纪在法兰西国王路易十五的敕令下又一次大规模兴建。法国大革命后，教堂改名为先贤祠，成为安葬并纪念法国著名人物的祠堂。
不幸的是，一七九三年，圣女热纳维耶芙的遗骸在法国大革命中被公开烧毁。她的圣骨匣安放在巴黎圣女热纳维耶芙广场上的圣斯德望堂中。
在天主教中，圣女热纳维耶芙的纪念日是每年的一月三日，她在艺术作品中的标志象征是蜡烛、天使和魔鬼、圣杯以及巴黎城的钥匙。

撒在巴黎的上空，

让祝福降临给相爱的人和罪恶的囚犯。

愿永恒的祝福

会随着你的祷告，

降临于我的灵魂，啊！

困扰我心的那些有害的想法啊，

就像罪犯一样严阵以待，

如箭在弦。

亲爱的，

请你在祷告词里

提起我吧，

那么我才能识别出黑暗的时刻。

当邪恶的力量到来的时候，

让你善良的灵魂

对我加以眷顾。

露 水

天色苍灰，
月色苍白，
周围一片寂静，空灵。
婆娑的梧桐树止住了窸窣之响，
奔涌的小溪流忍住了淙淙之声。

啊，神奇的夜晚啊，
神奇的时刻，
神秘，黑暗，悄无声息，
我痛苦的灵魂，
像一片薄薄的树叶，在战栗。

溪流静止，
我感觉到有个秘密
飞越了黑夜；
树叶和花瓣被轻微带动，
随即又恢复了静止。

那一滴露水，
像影子一样悄然地
落在了树叶和花瓣上，
瞬息之间，温柔的夜
让整个世界容光焕发。

此时此刻，我感觉多么
神秘，黑暗，悄无声息。

我痛苦的灵魂，
像一片薄薄的树叶，在战栗。

世界正在一片黑暗里
缓慢地死亡，
上帝肠断心碎，
洒下了几滴泪水。

放肆的快感

我有过旷日持久的失望，
穷途末路的痛苦、凄惨和沮丧；
我有过甜美的梦想，
强烈的欲望
和激情过后的温柔退场。

我有过纯洁、谦逊和善良，
在我还年轻，天真烂漫。
我的心虔诚而忠实，
洋溢着希望和礼赞。

是的，我的心就像一个古老的盒子，
被放置在神殿的门前，
每一个走过的人都放入朴素的礼物，
换取温柔的蜡烛
和平静的祝福。

为此，每一代人都施予恩惠，
无论大小，无论爱恨，
无论赞美还是责备，
也无论是一个微笑
或者是苦涩的毒药。

现在，不同的血液流入了我的血管，
我时而呻吟，
时而欢唱，

时而咒骂，

时而称赞。

我无畏惩罚，

曲折而正义的道路

正被我大胆践踏。

失望，痛苦，凄凉?

全是空谈!

世界上再也没有阻止我心放纵的力量，

世间一切，

将被糟蹋于

我放肆的快感。

真诚的诗篇

请合上嘴，
沉默着，不要讲，
让思想在脑海中酝酿。
不要让你的言语
冲刷掉我强烈的思想。

沉默着，现在请让我的血管
充入新鲜而蓬勃的生命。
让我忘记，
在这一片伟大的自然里，
只剩下我和你。

等一切过去之后，
疲惫的身体
将再次倒在平凡的寂寞里。
新鲜的生命和敏锐的感官
将在黑暗中无声闭熄。

亲爱的，到那时候，
我会再给你念一首悲伤的情诗，
告诉你我如何渴望你，爱恋你，
并因此而承受的所有的苦。

可怜的女人，
你却高兴地信以为真，
你感谢上天，对你爱怜，

甚至让泪水湿润了双眼。

你看着远方植被茂密的山峦
慢慢被黑暗淹没。
你却不会了解我的内心——
我爱你仅是因为我爱自己。

我爱的仅仅是我自己的感情，
以及它被赋予的强大力量。
当我每一处神经开始颤抖和迸发，
我爱的是这狂热的惊涛骇浪。

为了那一刻
全身颤抖的快慰，
我可以让我心慈悲，
不过，亲爱的，我不爱你！

所以我总是说：沉默吧，
当我们身旁的树叶渐渐发黄时，
让你的灵魂悄然入梦。
让黑暗吞没远处山峰。

弗拉迪斯拉夫·佩特科维奇·迪斯
（一八八〇年至一九一七年）

　　塞尔维亚现代象征主义诗人，欧洲诗歌印象派思潮的支持者与实践者。出生在塞尔维亚城市查查克附近的一个村庄扎布拉切，一九〇二年从教育学院毕业，被指派到小镇教书。一年之后，他摆脱了枯燥的教书生活，移居首都贝尔格莱德，正式开始了辉煌的文学生涯。佩特科维奇选择了自己名字的中间音节——"迪斯"作为笔名。他曾夜夜流连在贝尔格莱德的斯科达利亚大街和其他地方的小酒馆，饮酒作乐，赋诗抒怀。后来他在市政府海关任职，有着优厚的收入和大量的闲暇时间，这为他的文学创作创造了有利条件。与此同时，他也被任命为《文学周刊》的联合编辑。

　　佩特科维奇的诗歌在开始时并没有受到同时代塞尔维亚评论界的认可，评论家约万·斯凯里奇批评佩特科维奇的诗歌语气过于病态和阴沉。但是斯凯里奇的批评并没有掩埋佩特科维奇作品的光芒，佩特科维奇被后人认为是为数不多的能够表现二十世纪初欧洲诗歌悲观、颓废特征的塞尔维亚诗人之一。

　　他的诗歌代表作有《她也许睡着了》和《涅

槃》等。

一九一七年，他在爱奥尼亚海的一艘船上被鱼雷击中后遇难，年仅三十七岁。

她也许睡着了

有首歌在我梦里整整响了一夜，
但是今天早晨，
我却把它忘记。
今天我要试着把它重新想起，
把它当作是我幸福的全部。
徒劳无功。
今天早晨，我忘记了一首歌。

在梦中，我不知道梦醒会有时，
不知道土地需要太阳，
需要晨曦和曙光；
不知道满天的星辰会失去光芒；
苍白的月亮
也会随着黑夜而逝去。
在梦中，我不知道梦醒会有时。

现在，我只知道自己做过一个梦，
梦中出现了某人的眼睛，
某一片天空。
某一张脸，也许是张小孩的脸。
出现了一首古老的歌，
古老的星辰，
古老的时间。
现在，我只知道自己有过一个梦。

我记不得了，

忘却了一双安静的眼睛；

我整个梦就像是泡沫做的，

我的灵魂仿佛逃出了我的身体。

咏叹，以及其他，

我今夜梦见的一切；

我都记不得了，

忘却了一双安静的眼睛。

不过我有预感，

有感而有所知。

我感知到那双眼睛，

就是那双，

它们奇怪地引领着我的生活，

控制我的生活：

它们潜入我的梦境，

盯着我，看我在做什么。

不过我有预感，

有感而有所知。

这双眼睛看着我，

我与它们对视，

看着我们的爱情，

看着我们的幸福；

我却看不见，

她的眼睛，她的脸。

这双眼睛看着我，

我与它们对视。

她头上盘着浓密的头发，

发间插着一朵花，

她看我时的目光
像是发射自一朵花。
她看着我，对我说话，
感受着我，
给我传递一种温柔而轻盈的意识。
她头上盘着浓密的头发，
发间插着一朵花。

我现在失去了亲爱的她，
忘记了她的声音；
我不知道她生活在何处；
也不知道为什么这个梦
要把她透露给我；
她也许睡着了，
她的坟墓滋养着她的身体。
我现在失去了亲爱的她，
忘记了她的声音；

她也许睡着了，
她的眼睛摆脱了痛苦，
超脱了事物，
超过了幻象，
也超越了生命，
她的美，无形的美，
也随她一起入睡；
需要在这个梦苏醒之后，
她将重获新生。
她也许睡着了，
她的眼睛摆脱了痛苦。

涅　槃

今夜，逝者从我身上踩过。
新修的坟墓和古老的岁月
也向我靠近，
它们惧怕事物的短暂。

今夜，海洋从我身上漫过。
没有翻起波浪或者泡沫，
它只是静静地干涸。
死亡的风从山上吹下来，
努力想把宇宙激荡。

今夜，幸福从我身上掠过。
死去的灵魂
和失去的玫瑰的梦想，
今夜，所有的春天都死去了，
死亡的气息已在四处弥漫。

今夜，爱情在我身上着落。
有史以来
所有死去的爱。
相爱的人
将拥抱着死去，
以一个吻
将记忆封印。

所有存在过的一切，

以及它们所投下的影子，
都不会再出现了，
都不会再来到我的身边。

在那里，云朵也死亡了，
死亡的时间
陷入了历史，
空气也在那里消散：
枯萎的一切
正在等待涅槃。

涅槃的目光
与凡人不一样：
它没有形状，
没有情感，
没有快乐，
也没有悲伤，
死亡的目光
空空如也，
深不见底。

那目光，重重地
摔在了我身上，
摔进了我的梦里。
在将来，在遥远的地方，
一切幻化成了新鲜的思想。

今夜，逝者从我身上踩过。
新修的坟墓和古老的岁月
也向我靠近，
它们惧怕事物的短暂。

古老的诗歌

我身后背负了日复一日年复一年，
沧海桑田，地老天荒的失望。
还有痛苦、耻辱、悲伤和恐惧，
也还有爱、有恨，
有过希望，
也有过懊丧。

这一切情感，
在混乱中，
在散落的过去
凝聚成了分分秒秒、时时刻刻。
时间将把它们带走，
不管带到何处，
都不费一丝功夫。

我没有力气与时间搏斗，
也无力阻挡，
无法为自己留下点什么。
我只能在旁无力地看着：
一切消失殆尽，
不留我一丝痕迹。

像气味，像气息，像黑暗，
像风，像云，像泡沫，
那些被切断的日日夜夜
飘浮着、簇拥着，

以回忆的形状，来回穿梭。

但是，当思想停顿下来，
那些回忆的碎片将飘向哪里？
属于我的过往，
我的日日夜夜
和我的回忆，
又将飘向何处？

我应该去哪里？
我该去吗？
过去和现在，
是谁潜入了我的心里？
又是谁让我始终背负？

我身后什么都没有，
而我面前的
是被生活所掩盖的
业已死亡的过去。
等到将来，
时间把它轻松掀开，
往事就会慢慢衰败，
凝固成逝去的历史。

视　野

今晚，我想睡觉的时候，
我想让疲惫的身体休息。
一个幽灵，
来自古老的快乐，
将我簇拥着，
于是我开始敞开心扉。

我的旧梦
美妙得像彩虹，
在里面没有艰难的生活，
我的天空
是我的情感的归属。
而你的头发上有一个花环。

你戴着一个花环。
悲伤的心情渴望秘密，
一个黑暗而温柔的秘密，
心期待得到满足。
你的脸被遮住，
只露出了眼睛，
然后你想起我，
一切都静止了。

你的眼睛告诉我
你经历了多少苦难，
我看着你，

不禁着迷，

我在你耳边窃窃地说，

我爱你，

就像爱自己的死亡。

夜晚安静地睡着了，

黑暗像海一样深，

而我醒着，

抱着七弦琴，

待在你身旁，

睁着眼睛，

等待朝阳。

今天，我悲伤地走在街上，

我迈出的每一步

都是彻底的悲苦：

我知道自己的样子非常可怕，

因为我看到你，

脸色如苍白的纸。

温　存

思想消失了，
声音被淹没在哭泣声里，
希望沉没在其中。
苦难并不退却，
如车轮般碾过，
泪水已积聚成渊。

思想在安静中
疲惫地入睡，
爱意乘着黑夜的翅膀轻盈而来，
抱着一把破碎的七弦琴，
在我的孤独周围徘徊。

就像幸福的回响，
没有声音，
从睡梦的秘密里穿过，
扶摇直上，
又像是晨光
飘浮在空气中，
也像是黄昏
无声地融化在夜幕里。

它的痕迹却留下来了，
形成了一幅画面：
晴朗、蔚蓝的天空
就像是它的眼睛，

它的目光充满了温存的言语，
充满了深沉的爱意。

我触碰到自己的灵魂，和它的灵魂：
在遥远的时间里，
两个灵魂来到同一个地方，
相聚在同一个笑容里，
互相靠近，
互诉温存。

镜　子

通过意识和感官，
我听见有东西在流淌，
是安静的阴影和模糊的安宁，
厚重的雾渐渐聚拢成一张痛苦的纱，
一张哭泣的帘幕。

我触摸到腐烂的帘子，
知道自己已越过了界线，
我碰到了潮湿的土地，
知道界线已被冲刷去。

我看着时间在呼吸间流逝，
直觉使身体变得麻木，
镜子中的目光忽然消失：

镜子中的嘴唇变得苍白，
或许它需要一个吻的关怀，
而不是单薄的遮盖。

预　感

天色铅灰茫茫，
一片死寂；
被杀死的日子被涂上颜色，
光线，眼睛；
如同死亡和坟墓，
我被笼罩着在一片
恐怖，宁静。

穿过自然，
越过树林，
秋天仓皇撤去；
赤裸的树枝悄无声息。
黑暗是悲伤的，
它浸染了事物和时间。

痛苦在蔓延；
雾气和溪水都带着思想……
却掩饰欲望；
阴森的画面
苍白得像梦一般，
像倒塌的废墟，
无人知晓谁是它的主人！

我困了。
我就在这
不断蔓延的死寂中放平身躯。

但愿一切消失，
不要成为含冤的幽灵。

但愿一切消失……
愿浓雾将它吞噬：
吞噬掉时间，
吞噬掉爱情，
让一切消失，
了无痕迹。

清晨的田园诗

献给我的弟弟米哈伊洛·佩特科维奇

我不是生来就像现在这样的，
我也有过快乐的时刻：
我的脸上曾经也有爽朗的笑容，
不是从来都充斥着痛苦的时时刻刻。

那是很久之前了……
我把双手抱在胸前。
我看着黑暗是如何
悄无声息地爬上了墙，
形成了诡异的画面：

我破了例，
早早起床；推开窗。
自然的宁静
好像被某个可怕的人粗鲁地打破。
潮湿的空气纷纷坠落。

天空不存在了。
也许也坠落了。
情感的残兵负隅顽抗。
也许我们更喜欢
像奴隶主一样的太阳。
我知道，那一天的清晨，
大地没有阳光。

在我的眼前，

受惊的云朵忽然变灰。

它们呼喊求饶，

而雨水和雾

像一只无形的手，

从天边将它推下。

我看到，

地上所有的动物在仓皇逃跑，

天地在崩塌，

把它们掩埋；

我看到所有的光都熄灭了，

而地狱之手

把模糊的幽灵推倒折弯。

我不知道这一刻眼前在发生什么……

钟声响起，把我唤醒，

所有的邪恶的生灵在挣扎着，

徒劳而绝望地死亡。

宇宙在消解，

土地在消失，

时间在消散。

颜色在消褪，

人的灵魂已隐没，

只剩下嶙嶙墓冢：

闪闪星光，

夜晚也在黑暗里湮灭。

整个星球，生命的痕迹已被抹去；
连死亡都消失了。
人类灭绝；
我身上的力量开始流失，
肢体软弱无力，
精神涣散游离。

顷刻间，一切存在皆成过往。
无垠黑暗转化成为梦的思想：
我从来没有见过如此华丽的死亡。
我也有过快乐的时刻。

她的名字

我闭上眼睛——
感官立刻失灵，
思想游离，
意识涣散；
我盖上丝质的被单，
冰凉的泥土
盖在我的身上。

我看不到新一天的曙光，
听不见新的祷告，
看不见哭泣的泪水。
感觉不到泥土的潮湿，
也感觉不到在我身上蠕动的小虫。

这一切，我似乎早已知晓，
只是心思和梦境都想隐藏，
最终她将浮现于我的意识。

我害怕她脸上的表情，
越向我靠近，
她的面容就越发狰狞，
现在，连她的名字
我都不敢说起。

秋　天

秋天的夜，
看不见天；
但是天空潜隐在黑暗里，
匍匐在阴霾而寒冷的潮气中，
潮湿的泥土
像是饥渴的情欲，
难掩身上的淤青。
到处都只有赤裸的枝影，
像是失去了生命的骷髅，
更像是逝去了的日子。

放眼四处，
尽是泥土。
潮湿的黑暗充斥着周围，
甚至发出了声音，
打破了宁静。
安宁在遗忘的谷底
平静地腐烂。
四处的一切已堕入昏迷。
夜里看不见天，
薄雾，只是寒冷的阴影。

米洛什·茨尔年斯基
（一八九三年至一九七七年）

塞尔维亚著名的文学家、诗人、出版家、美术评论家。

茨尔年斯基出生于匈牙利，在一个保守的父权制家庭中长大。他的童年生活有着深深的塞尔维亚文化烙印，围绕着与宗教和民族不可分割的种种元素，如教会学校、圣萨瓦大教堂[1]、"法外之徒"[2]，以及奥斯曼土耳其统治者对塞族人民的压迫。这些因素给

---

1 圣萨瓦大教堂：也译作圣萨瓦寺，是坐落在塞尔维亚贝尔格莱德的一座东正教教堂，也是全世界最大的东正教教堂。它的建造可以追溯至一八九五年，但由于种种原因，整个外部建造工程二〇〇三年十二月才告结束，而内部装修至今仍在进行。圣萨瓦大教堂对于塞尔维亚的民族和宗教传统有着不可取代的意义。

2 "法外之徒"：塞尔维亚语 Hajduk。在巴尔干的传统民间传说中，Hajduk 是一个被英雄化了的法外之徒，专门偷窃奥斯曼土耳其统治者的东西，带领群众起义，以抵制高压统治；简单地说，是像罗宾汉及其同伴一样专门劫富济贫，及对地方不公义政府发动游击战。

茨尔年斯基的童年带来不安，但同时也成为他希望、喜悦、失望、怀疑等丰富情绪的永恒源泉，给他日后的文学生涯奠定了情感基础。少年时期的茨尔年斯基在克罗地亚、奥地利等地学习。他曾参加第一次世界大战。战争结束后，他于一九二〇年赴巴黎游学，进行了大量的诗歌翻译和文学写作。一九二八年，他被任命为南斯拉夫王国驻柏林、里斯本和罗马的文化专员。第二次世界大战开始时，他从罗马迁居伦敦，直到一九六五年才回到贝尔格莱德。一九七七年十一月三十日，茨尔年斯基病逝于贝尔格莱德。

茨尔年斯基有着独特的创作风格。他早期的一系列诗歌作品展现了一战结束后整个国家和民族的失落，以及悲伤无助的生活氛围。随着年龄和阅历的增长，茨尔年斯基渐渐感受到，万物之间皆有其自身的联系，生命从不消亡，而是幻化成另一种形式存在世间。

茨尔年斯基的诗歌包含情感与哲理，并不是互不相干的两个层面，而有着深刻的联系和丰富交集。哲理思考是他的诗歌结构的组织者，组织着缓慢而自由的诗歌节奏，赋予了诗歌轻盈而独特的情感色彩。在他的大部分作品中，荒谬和无用的悲剧感，与对宇宙事物之间联系的思考交织在一起，使得他的作品的文学语言、表达方式、创作题材、思想理念都领先于同时代的塞尔维亚作家。塞尔维亚文学评论家认为他引领塞尔维亚文学走向现代主义与表现主义。

茨尔年斯基一生有大量不同体裁的作品出版。其代表作有长篇小说《迁徙》（一九二九年）、《迁徙·第二部》（一九六二年），戏剧《面具》（一九一八年），抒情诗集《伊塔卡》（一九一八年），诗歌《苏门答腊》（一九二〇年）、《贝尔格莱德的哀叹》（一九六五年）等。此外，他还编译了《中国诗选》（一九二三年），同时也是《路途》《思想》两本刊物的创办人。

苏门答腊

现在我们无愁无忧，
轻盈而温柔。
让我们想象：
白雪覆盖的乌拉尔山顶
多么的安静。

某个夜里，我们失去了他，
如今，他成了苍白的幽灵。
我们悲伤，
而他正在流淌，
流淌在某处的某条小溪。

某个清晨，某处异乡，
一种爱意笼罩我心。
越来越紧。
蓝色的海洋平和无尽，
赤红的珊瑚烁烁莹莹，
正如樱桃，在遥远故乡。

明月如钩，半夜梦醒。
我们面带微笑，
用温柔的双手
轻抚那远山和雪顶。

审　判

在蓝色的大海上，
飘摇着一叶小舟。
我只想知道：
审判会将它引向何方？
风吹皱了海面，
浪涛如同火焰。
小船痛苦而无助，
与海浪展开拼搏。
飓风肆虐之后，
海面恢复平静。
最终，
海浪吞噬了小船的骸骨，
吐出白色的泡沫。

安眠曲

森林枯萎了，
在它之上还有泛黄的星光。
你可以带走的，
不管带到哪里，
只有你苦涩的心。

没有灵魂的凛凛寒风
不惧怕我，
没有法则，也不顾荣光。
在痛苦之上，
只有赤裸的躯体。

我所爱过的
都已经死去。
在死去的时候，
都喊着我的名字。
我却无能为力。

在无垠的星空下，
把衣裳脱掉吧。
你赤裸的身躯里，
深沉的痛苦中，
唯一的乐趣
就是我们无边无际的悲伤。

爱　情

你第一次脱掉外衣，
你可怕的目光
把我照得滑稽可笑。
我第一次感到爱情仅是伤痛。

我第一次听见
你像雪一样融化在黎明中的声音。
于是我跑进森林，
树的枝叶纷纷掉落，
它们就像我的灵魂
层层剥离。

我将脸埋到落下的枝叶里，
它们居然比你的胸脯更温热，
比你的双手更温柔。
而它们的痛苦
清晰可辨。

我的身体倒在了枝叶堆里，
激起了既浪荡又麻木的声响。
这样的感觉，比
败在你的怀中
更要恐怖。

生　活

一切都不取决于我。
在深水处的上方，
有一座桥，
它像一轮皎洁的弯月，
又像一把细柔的薄弓。
你知道，这种美
足以使我心温慰。

并不取决于我。

某一天，
我身边的土地
散发出被耕耘过的气味，
或者云朵飘得比以往要低，
足以让我心颤巍。

不，不取决于我。
如果某一个冬天，
有一个陌生的孩子
从葱郁的花园里跑出来，
并拥抱我。
我不敢祈求更多。

小　诗

请告诉我，当
我的笑容变得苍白，
像花朵一样凋谢，
像梦想一样冷却
的时候……

如果我还能
再爱一次的话……

我身边的一切
会不会多一度温柔？
我遭遇的生活
会不会少一分荒谬？

还是一如现在，
我只能强颜欢笑，潜忍苦淡，
等待死亡？

请告诉我，
我是不是
还能感受到爱，爱？

一个故事

我还能记得
她既纯真又纤细。
把秀发捧起
在赤裸胸前的双手里。
绵软，如乌黑的绸缎。

天亮之前，
白合欢花的味道可以闻见。

有时，我会忧于爱恋。
我就闭上眼睛，闭上嘴。

合欢花的香气可以洋溢一年，
但谁知道，一年之后我将身在何处？

在这静默中，我掂量。
她的名字我不记得了，
再也想不起来了。

痕　迹

我希望：
到梦醒时分，
你身上不会留下我的任何痕迹。

你从我身上带走的只有

悲伤和白色的丝绸，
以及温柔的气息……
像是落满了树叶的小路。

小路上落满了
杨树的叶子……

致困乏的少年

你是否知道，
我们的夜晚有多么的清醒？
当绯红的丁香花投下阴影，
指向夜空的是
充满欲望的眼睛。
你是否感觉到，
年轻的痛苦
使所有人受尽煎熬，
不是只有我们。
人的内心总是披着模糊不清的外衣，
这一切又有什么用处呢？
你是否曾经有过这样的宽慰：
那就是青春，
那是一场痛苦而模糊的审判？

赞　歌

我们什么都没有。

没有上帝，也没有主使。

血，就是我们的上帝。

风雪摇晃着山，

吞噬森林，淹没山岭，推倒悬崖；

我们没有母亲，也没有家，

只有流淌的血。

我们什么都没有。

没有上帝，也没有主使。

血，就是我们的上帝。

坟头和山头都开满了花，

黎明的风沿着沟壑吹来；

我们没有母亲，也没有家，

没有同伴，也没有子孙后代。

留给我们的，只有永恒的血。

噢。

而这正是我们了不起的傲气。

戴珊卡·马克西莫维奇
（一八九八年至一九九三年）

　　著名的塞尔维亚女诗人、作家和翻译家。她的第一部作品于一九二〇年在文学杂志《思想》上发表，当时她正在贝尔格莱德大学学习。早在上学期间，她的诗歌就出现在了贝尔格莱德最有影响力的文学出版物《塞尔维亚文学导报》上。一九二五年，马克西莫维奇获得法国政府奖学金，在巴黎大学学习一年。回国后，她被任命为贝尔格莱德精英女子第一高中的教授，她一直担任这个职位直到第二次世界大战。

　　一九三三年，马克西莫维奇与俄罗斯移民作家斯拉斯迪科夫结婚。一九四一年，被德国人从高中解雇后，马克西莫维奇生活贫困，被迫打零工以维持生计。在这个时期，她只被允许出版儿童文学，但同时，她却偷偷创作了一些爱国诗歌，直到战后才出版。

　　"马克西莫维奇用她的抒情诗歌标志着整个时代。"文学学者艾达·维丹如此写道。她是第一位在南斯拉夫文学界和公众中获得广泛认可的塞尔维亚女性诗人，吸引了一大批追随者，她是南斯拉夫七十年来最重要的女性文学家，为塞尔维亚女性树立了独立、智慧的榜样，鼓舞了大批塞尔维亚女性。塞尔维亚文学评论界有不少学者认为："马克西莫维奇可以说是二十世纪最受欢迎的塞尔维亚诗人。"

忐 忑

不，不要向我靠近。
我想从远处爱你，
期盼你的眼睛。
只有在等待过后，
发自内心答应，
幸福才更加满盈。

不，不要向我靠近。
忐忑、等待和心惊
既甜蜜又温馨。
真正的美好在于寻找，
在于飘渺的心灵感应。

不，不要向我靠近。
究竟是什么原因？
在远处，一切就如闪烁的繁星；
在远处，我们对一切怀有憧憬。
好了，现在请你移开你的眼睛。

预　感

在冬雪融化的时候，
我认识了你，
雪融，吹着温暖的风。
春天的将近让我的心情雀跃，
雀跃，我深深地呼吸。
我温情地看着你的脚印，
你留在白雪上的脚印；
我知道你会与我亲近，
一辈子与我相爱相亲。

在晨钟响起的时分，
我认识了你，
酒醒的早晨
新鲜而绵柔。
我似乎很早之前就知道，
知道自己认识你。
我温情地看着你的脚印，
你留在白雪上的脚印；
我知道你会与我亲近，
一辈子与我相爱相亲。

在寒冰消退的时候，
我认识了你，
冰，在春天的气息中苏醒。
苍茫的时刻，
闲愁的时刻，

凄惨的时刻，

欢愉的时刻，

悲伤的时刻，

砌成了一天。

我温情地看着你的脚印，

你留在白雪上的脚印；

我知道你会与我亲近，

一辈子与我相爱相亲。

痛苦的梦醒

亲爱的，终于到了痛苦的梦醒时分。
我的心就像被定型的热铁，降了温。
终于到了既苦涩又艰难的最后确认。
某一天，一切都会在灰色的光中
成为过去，烟消云散。

在灵魂深处，
黑暗的预感，如同潮水一般将我淹没。
当我向你走去，我的心被紧紧拽住，
抖得像一只受了伤的猫头鹰。

我感觉你对我的爱情已经枯萎了。
终有一天，亲爱的，
我会变成你的陌路人；
而你，却会在我灵魂深处的旧伤上，
再撒一把新鲜的盐。

亲爱的，终于到了痛苦的梦醒时分。
我的心就像被定型的热铁，降了温。
终于到了既苦涩又艰难的最后确认。
某一天，一切都会在灰色的光中
成为过去，烟消云散。

分　手（一）

现在就对我说，

一切都已成过往：

不管是痛苦的时刻，

还是甜蜜的日子。

在新的痛楚面前，

旧日的伤痕只是好笑的谈资。

等你心情平静，

就对我说吧——

当我爱你爱得无法自已的时候，

我的苦痛是不是也刺痛你了？

现在就对我说，

说你不再爱我。

当你巧遇旧日的情景，

你的新欢

只会把我这个旧爱

当作好笑的谈资。

而你，仅仅在看到我的时候

才会把我想起——

曾经，当我不够爱你时，

我的快乐

是不是也曾刺伤你？

分　手（二）

我曾经也年轻和美好，
满怀信念，充满希望。
那是从前的某些时候。
那时候，你有无穷无尽的话
可以对我说，
还对我讲那三个字：我爱你。

我的日子过得十分满盈，
而你是第一个真正走进我心的人。
你对我说过的每句话，
每句苛刻的话，
每句温柔的话，
都给我留下了痕迹。
现在我的心情平静下来了，
我的爱也有所消减，
跟以前相比，也懂得更多。
现在你对我说的话也没有以前那么多，
也不说那三个字了。

今天，当你向我走近，
想对我说那些老旧的话，
想唤醒我的爱意。
但是，我的心却听到了另一个声音，
它悄悄地告诉我，
所有你对我说过的
不过是甜蜜的谎言。

分　手（三）

噢，如果你了解我，
我什么勇气都没有了。
无论在绿茵遍野的春天，
还是在鲜花盛开的夏季，
我不敢在伤感的黄昏想起你。

噢，如果你了解人的灵魂
像最后一棵树一样慢慢死去，
听着最后的树叶在伤心地低吟，
它无法像过去那样，
告诉你它有多么害怕秋天。

噢，如果你了解人的心灵
隐藏了什么秘密，
当眼睛在徒劳地找寻。
噢，如果你知道一个可怜人是什么样子，
他黯淡无光，失魂落魄，
那就是我无法与你相见时
每天的样子。

快　乐

我不以小时来计算时间，
也不参照太阳炽热的轨迹；
当他的目光落在我身上时就是白昼，
从我身上移开时便是黑夜。

我不以笑容来衡量快乐，
也不在意他的倾慕是否胜过我对于他；
与他痛苦地沉默相对，
让心被哭声敲碎，
对我来说也是一种快乐。

我不后悔
让生活的水吸走我最后一滴精力；
现在可以让青春和一切都逝去了；
我的身边曾经有过
深情的他。

警　告

听着，我要告诉你我的秘密：
当音乐响起的时候，
永远不要留我孤身一人。

因为别人深情而温柔的目光
会让我觉得自己太过平凡。

因为随着乐声和节奏，
我会被任何一只手牵走。

因为我会感到，
轻盈而美好的爱情
总是过于短暂。

或者，我会把我奇妙的秘密
不经意间透露给别人：
我会告诉别人我有多么爱你。

噢，我要告诉你我的秘密：
当音乐响起的时候，
永远不要留我孤身一人。

我会感觉恍如置身于森林，
我的泪水会流，
就像汹涌的泉眼。

我会觉得有人在黑暗中歌唱，

歌声就像苦涩的花朵，

唤起我心中难以忍受的伤痛。

噢，我要告诉你我的秘密：

当音乐响起的时候，

永远不要留我孤身一人。

候　鸟

在黑夜雾气里，
野鹅痛苦地尖叫着，
飞向南方。

我忽然想写一个
凄惨的故事：
那两只白色的翅膀
是如何承载整个身躯的重量的呢？
比如我的灵魂里面某些珍贵而沉重的东西？
我不知道要去哪，
也不知道那么沉重的究竟是什么。

自言自语

我在自言自语，
就像在与鬼魂对话，
我看不见他诡异的外表，
耳朵也听不见他说话的声音，
只是在用心与他感应。

毫不意外，我们相知有素，
就像认识了很久的朋友那样交谈，
我敞开心扉，
潜意识里的话语自由地流淌而出。

他告诉我
那些见面时从来不会说出的话。
就算他欲言又止……
我们大声地说着话。

我感觉
我们的对话就像在远方
高处的草地上滑行，
有时在白昼，有时在夜里——
一切都那么不真实，
却又像真实的存在。

在孤独和沉默中，
一切都在我身上累积。

我们依然在对话，

我们用眼睛说话，

就像两个互诉衷肠的人。

斯特万·拉伊茨科维奇

（一九二八年至二〇〇七年）

　　二战后塞尔维亚文坛抒情诗的代表诗人。这位多产的诗人于二十世纪五十年代初在南斯拉夫文坛崭露头角，其作品挑战了战后主宰文坛的社会现实主义教条。拉伊茨科维奇以主要关注自我、个人主观情感领域的抒情诗形式对当时盛行的诗歌题材提出挑战。

　　他出生于塞尔维亚小城奈莱什尼查。在年轻时，他经历了第二次世界大战的苦难以及生活的艰辛。他的父母都是教师，战争期间，全家从一个小镇逃到另一个小镇，最终定居在苏博蒂察。在那里，拉伊茨科维奇恢复了学业，并于一九四七年从中学毕业。随后，他进入贝尔格莱德大学哲学院学习。拉伊茨科维奇于一九五九年加入贝尔格莱德一流的启蒙出版社担任编辑，度过二十年的职业生涯后于一九八〇年退休。与此同时，自一九七二年以来他一直是塞尔维亚艺术科学院的成员。

　　拉伊茨科维奇在战争期间开始写诗，一九四五年他发表了他的第一首诗《雪白回忆中的母亲》。在贝尔格莱德读书期间，拉伊茨科维奇试图在杂志《青春》上发表他的诗歌，结果未能如愿。他的作品常常被编辑们淘汰，理由是诗歌语气太阴沉而忧郁。的确，拉伊茨科维奇的诗歌完全不符合当时社会现实主义热情和乐观的要求。但经过不断努力和尝试，他的第一本诗集《童年》在一九五〇年出版，两年后，他出版了第二本诗集《静默之诗》。在此后的文学生涯中，他陆续出版了二十多本诗集。拉伊茨科维奇同时还翻译了多位俄罗斯诗人的诗歌作品，并编纂出版了诗歌选译《斯拉夫之韵》；此外，拉伊茨科维奇对莎士比亚十四行诗的塞译也有极大的贡献。

　　塞尔维亚当代文学评论家德拉甘·哈默维奇认为斯特万·拉伊茨科维奇是一位非常具有"实验性"的诗人，认为"对诗歌创作的奉献、对高度审美和有意义的生活的追求构成了拉伊茨科维奇诗歌的基础"。

石之摇篮曲

睡吧，不论你身在世界的何处，
美好的、苦涩的、热忱的地方。
你的手拂过草地，
你的嘴唇隐入暗处，
你在流血，你在恋爱。

沉入石头般的梦中去吧，
色彩幽蓝。
你活着，但明天就死去，
你就像白色泡沫下
黑黑沉沉的水，
就像空空的蛛网上
弯弯绕绕的桥。

植物啊：
趁还没有枯萎，
请你停留在这一刻。
就像石头一般沉睡吧，纯净地，
就像石头一般沉睡吧，
悲伤地、疲惫地。

最后的鸟儿啊：
请你化身成我吧。
轻声说出名字，
然后在风中幻化成石头。

花　束

康乃馨，红如羞涩的脸颊，
打开一段甜蜜的回忆。
白色的丁香，模糊了我的视线，
蓝色的，却使我浮想联翩。

假如她的手幻化成花，
芳香洋溢，皆悲皆喜。
玫瑰征服了世界，
赢得了血，得到了秘密，
博得了献吻的嘴唇。

还有微笑与死亡。
哦，最美的还是椴树花的味道——
浓浓的、厚重的，
弥漫在空气当中。

草地迎风摇晃，
缕缕黄色在其中流淌，
闪着金色的光，
时光悄然流逝。

雨　后

你不孤独：

你身旁，草长莺飞。

三片尖尖的叶子，和奇异的树林。

小爬虫从木丛跳上花朵。

蜥蜴的断尾，成了此处的新住客：

除了你之外，

没有人知道自己给这个世界添了光彩。

但你不孤独。

你用赤足揉搓逐渐腐烂的树叶。

白桦枝干在你的脚下折断：

一只小鸟从你肩膀处掠过。

你附耳倾听：

现在你能听见石头的歌声了。

你不孤独。

你的眼睛在对谁微笑？

也许你忽然想到了什么有意思的事？

你又一次看着呼吸着的黑色土地。

你的灵魂深处有什么在缓缓流动。

也许你已经听见了那金色稻谷的哝语？

父母家的画

寒冷，几近丢空的家，
巨大的墙上，那幅画：
两枝玫瑰，一条铬黄色的路，
还有几辆哪也去不了的车。

还有条河（不过是枯萎的河床）：
只剩下银灰色的卵石、沙土、腐烂物的残象。
还有诡异的光——不是黄昏，也非白昼。
它穿过层层树叶，也穿过画布。

我记得那里还有一块阴影重重的平地，
远离世界与喧嚣，
为因城市困惑的灵魂而生。

我脑海中至今还时常浮现出这幅画面：
画的底部是鲜红的屋顶，
然后是云，藩篱的一角——
忽而看着像是死亡的颜色，
忽而又像是生命的颜色。

书

今夜我被书本环绕，
它们从积尘中凝视着我。
它们敏感——像怀着极大的忧虑。
它们紧绷——像怀着极大的恐惧。

我知道它们每一本都有生命。
（即使没有耳朵和眼睛！）
有一些话，它们不对我说，
却藏在灵魂停顿的时刻。

我盯着它们看得越久，
它们就越不像死物。
那些黑暗的小盒子
像长着秘密的牙齿。

有一些引诱我，
另一些却惧怕我——
黑暗中传来陌生的声音：
加入我们，
向死亡俯首称臣！

感　谢

感谢太阳，青草，土地。

感谢纯净的空气。

还感谢，

哎，

我还有话可说。

我看着蚂蚁在爬行。

感谢唤醒我的心脏的

疼痛和荣光，

以及温柔的呢哝。

感谢万物，

在满世界投下阴影，

在我心里留下痕迹。

还要感谢我这疯狂的头脑，

以及所有碰过的壁。

感谢太阳，

土地，

青草。

感谢纯净的空气。

原谅石头的沉默吧

原谅石头的沉默吧，
原谅它掩盖的秘密：
无尽的孤独和无声的时光，
是如何斟进了你的思想？

它一滴一滴，滴成空荡的圈，
像恐惧面前急速游离的视线。
原谅呼吸着的鸟吧，
它只是想与你为伴。

原谅你身后的阴影吧，
以及把你吹得团团转的风。
你看看这细小的藤蔓。

对渺小的事物说一声：走起来吧，
飒飒地，
就像鸟儿从蓝色天空
降落在向日葵上的动静一样。

雨如此温柔

雨如此温柔，我问自己：
就没有人从高处落下
读走我的思想和脑中的韵律吗？

或者我的思想：
沿着通往天堂的路，
帮我读懂他人的思想？

我今天实在太需要：
和雨独处。

我不是在走路：
而是像一只船一样在航行，
沿着黑暗，没有罗盘，
没有航线，只靠一条线牵引。

雨如此温柔，如此和善，
如此温暖，我愿跟从她，
一直走，走到最终审判，
靠近她的边缘，
步入一片空虚……

独处真好

穿过草丛，我来到最近的山脚。

找到石头，坐下，随之沉默。

独处真好：有人在远处等着你。

我凝视太阳，渐渐变得温暖。

（我用想象来补充画面：

脚下有河水流淌，有河鱼嬉戏。）

独处真好：

在石头后的杂草丛中，

有两只鸟在乘凉。

两只小小的鸟儿！

一只在阳光下扑棱着，

它的影子在我的脸上印下点点痕迹。

另一只，我让它停留在我的肩上。

独处真好：有人在爱着你。

你快跑五步然后像石头一样立住。

正直、高大，在阳光下：你就像一棵杨树！

我站着。

独处真好：有人在远处等着你。

脚下有河水流淌，有河鱼嬉戏。

米奥德拉格·帕夫洛维奇
（一九二八年至二○一四年）

　　塞尔维亚著名诗人、作家、批评家。出生于塞尔维亚北部城市诺维萨德。一九五六年，帕夫洛维奇从贝尔格莱德大学医学院毕业。读书期间，他完成了第一本诗集的写作（共八十七首）。一九六○年，帕夫洛维奇担任贝尔格莱德国家大剧院的戏剧导演。同时他也担任贝尔格莱德著名的启蒙出版社编辑一职二十年之久。

　　南斯拉夫的知识分子，包括罗马尼亚、保加利亚、阿尔巴尼亚等地的知识分子，都追寻着一个共同的主题：巴尔干古代人民及其现代后裔之间的连续性。帕夫洛维奇也不例外，他常在自己的作品中提到古代、中世纪的历史，这些带有寓言性质的，关于欺骗、恐惧的故事往往暗喻现实。当然，他也有直指当下的诗歌，例如《安魂曲》《地下》等。

　　米奥德拉格·帕夫洛维奇曾两度被提名诺贝尔文学奖，也获得许多南斯拉夫和国外的重要文学奖项。一九八五年，帕夫洛维奇被任命为塞尔维亚艺术科学院院士。二○一四年，帕夫洛维奇于德国图灵根病逝。

问

成为一个外地人
还是
干脆不出门

左顾右盼
还是
闭目养神

合上嘴巴
还是
干脆倒下

光阴不剩几分
把手给我吧

死去
还是
干脆别出生

还魂

安魂曲

有个亲近的人
死在这条路上

局促的天空
灰暗的公园
一首安魂曲

妇女们跟在灵柩后走过
死亡停留在一间空房子里
把窗帘放了下来

感觉得到
世界竟然为一个普通人的脑袋
而变得轻盈

午餐之后是安详的静谧
有个赤脚的孩子
坐在门口吃着葡萄

不要对死亡着急
每个人都不尽相同
孩子们以为是场游戏

不要在分手时道别
那不但滑稽
还很荒谬

地　下

在墙角
有一只长脚蜘蛛
在网里
捕捉自己的影子

腐烂的台阶上
黄色的蜡烛被点燃
向地下室吐露
微弱的光

地下室很遥远
声响被埋得更深
埋在潮湿的墙下

有个人
昨夜
被关进了门后

有一只蚂蚁
像人一样
在楼梯底下
举起了手

它在尖叫
却没有被任何人听到
徒劳

诗的开篇

在月色下的雾海里，
有一位女士伴着我过了河，
她就走在我的身旁，
而我却不知道她是谁。

我们走向了远山，背井离乡，
她有着金黄色的长发，
走路时，发丝碰得到大腿。

我们背弃了法律，背叛了亲人，
把父母家饭菜的香味从记忆中抹去，
我们竟然互相拥抱，
而我却不知道她是谁。

我们不会回到城里的屋檐下了，
我们会在高处生活，高得可以摘星。
军队不会发现我们，
鹰也不会找到我们。
每当我捉到野猪的时候，
山上的巨人就会下来，与我们共享，
并且亲吻我的女人。

我们的孩子会生活在一首很长很长的诗歌里，
谈论着这首诗歌的开篇，
崇拜着当天夜里越过河的
难民和神灵。

莱茵河岸

秋天，听着声音，一切都很近，
水果熟了，河水闪闪发光。
或许会有黑暗的果实从天而降。
一切都应该彼此靠近；
果实紧紧堆在一起，
男人和女人，也紧紧偎依，
就像有人从天上看着自己。

像是不同的种子融合在一起，
语言不分彼此，爱不分支，
圣乔治的长矛穿过了葡萄藤，
插进了巨龙的胸膛，
打开了伤口，却拯救了人。
不要忘记
还有孩子们
在修道院墙边歌唱的声音，
声音大得让自己都为之一振。

到了夏天，
人们疯狂地相爱，
像是冰上的四十烈士，
赤裸着，为情欲而发狂。
而我在看清了全人类之后
只想要你。
我们继续散步，
走到了田野中央的钢琴。

你笑着，看着群岭排成的琴，

飞翔的老鹰

演奏着山岭谱写的歌曲。

红色的田野在阳光下冒泡：

夕阳照亮了坟墓，

日落的余晖像是在大动干戈，

一个既严肃又和蔼可亲的人看着我们。

也许到了春天，美妙的女人，或者受伤的上帝

会带领我们去到该去的地方，

或者告诉我们，留在原地，举起酒杯。

日 落

日落
孩子们在寒冷的天气里玩耍着
在窗户下高声尖叫

当天空关闭
没有庇护的人
拘束得不敢承认恐惧
也不敢笑

囚犯

弯下腰
挥起手
摊开你绵柔的手掌
让乌鸦来啃

不要害怕石头和风
当你直视黑暗的面孔
每一个伤口都是一团火焰

自由
血液流动
在黑夜与白昼之间
快乐
会穷尽一生力气
来寻找你

快乐

米洛斯拉夫·安迪奇
（一九三二年至一九八六年）

　　塞尔维亚著名诗人、记者、画家。出生于塞尔维亚伏伊伏地那[1]。安迪奇的诗歌以微妙而温和的情绪而闻名，经典作品有《同路人》《最小的诗》等。同时，他也进行戏剧、电影和电视剧剧本创作。除了写作，他也出演过几部电影，还是一位天赋异禀的画家，与此同时还担任贝尔格莱德《节奏》《日报》及诺维萨德《新生代》等刊物的编辑一职。这位不羁的诗人于一九八六年病逝。

　　在安迪奇去世后，有人如此怀念他："……这个令人难忘、崇高的颓废者、诗人、画家、记者、水手、口述者，你还是伏伊伏地那最后的公爵，你给我们留下了不朽的诗歌……"

1　伏伊伏地那：塞尔维亚北部自治区，与匈牙利接壤。

警　告

也许，我们有必要谨记：
欲望是渴望之源。

只有把一切都据为己有，
我们才得以圆满。

只有通过真诚的话语，
我们才找到真相。

只有当我们去真正寻找，
才会有人找到我们。

不回头的诗

当你走上了通往世界的路，
千万不要回头，
不要左顾右盼，
不要优柔寡断。

我也会不回头地走，
把一切置于身后。

对你来说，
老朽的太阳，
陈旧的老街，
破败的家门，
又何用之有？

这里或许是有值得你珍惜的东西，
值得让你把心托付。
但是如果你一旦回头，
你就不得不停下脚步，
被往事所桎梏。

一个小孩靠眼睛向往世界，
每一个夜晚冥思苦想，
他在河上展开翅膀，学习飞翔，
憧憬着飞向海洋。

他从星星那

学会闪烁光芒。
也在崎岖的路上
学会了抵受苦难，
最后终于昂首挺胸，
阔步前往。

外面的世界像蛇一样危险，
像子弹一样，一击致命，
它不会对你慈悲，
你要小心面对。

把根拔走吧，
你生来自由，
世界的大门向你敞开。

等你迈开脚步，
你就要心无旁骛。
甚至不要停下挥手，
不要回头。

没有人知道你要去往何方。
没有人知道为什么，
没有人知道你要经历什么。
只有到了天涯海角，
思念才更加美好。

外面的世界像雷一样严厉，
像子弹一样，一击致命，
它不会对你慈悲，
你要小心面对。

你生来就有一双翅膀，
只是你把它遗忘。

那么，起飞吧。
闪光吧。
奔跑吧。
在夜里点燃星空。
会有人跟随你的脚步
攀向高处。
像你一样，
初生牛犊
勇不怕虎。

没有人知道在遥远的他乡，
你会经历什么。

迈开脚步吧，
虽然前路坎坷，
荆棘载途。
但你要永不停步。

千万不要回头。

同路人

我知道：每个人都有不一样的笑容。
我知道：每个人都有不一样的阳光。

返回者的黑色足迹，
逃难者的白色脚印，
会在这一条路上交汇。

尽管他们有着不同的信念，
但是依然朝着同一个方向。

我们也一样，
踵迹相接，
沉默着。
在同一条路上
聚拢着生活和时光。

我们并排着，
肩并着肩
向前走，
不争不抢。

我们以熟知的方式忍受煎熬，
以互相理解的方式欺骗对方，
我们同途殊归，
同一条路
却把我们引向了截然相反的地方。

最小的诗

这是最小的诗。
比罂粟籽还小。

诗歌里有一个微笑
和给孩子的一封信。

如果你知道谁写的，
——我不必再讲。

如果你不知道，
——则与你无关。

谜

你猜猜成长是什么样子的？
猜猜看：
跳到房顶，
跳到燕子的背上，
跳上沉甸甸的乌云，
以及越过奇妙的蓝天
到达遥远的星辰，
是多么轻而易举的事。

猜猜看，是什么
钻进了你的衣领，
你的袜子和袖子，
钻进了你的身体？
那是力量和美丽，
它们将把你引向太阳。

闭上眼睛，猜猜看。

也许最好不过的是
你全然不知。

也许最美妙的
是在不经意间成长。
也许最美妙的
是无声无息地成长。

不为人知的悸动
在你心里点燃了火种，
它将无穷无尽地燃烧，
永远不会殆尽。

你全然不知。

而火会一直维持。

秘　密

每个人都有秘密：

嘘……

有的秘密美好而无止境，

有的秘密既悲伤又滑稽，

有的秘密罪大恶极。

有的人守口如瓶，

有的人告诉母亲。

有的人捏造秘密。

有的人对所有人都悄悄说：

我只把秘密告诉你……

嘘……

通常，重要的秘密

都是些假情话。

其他的秘密也有很多种，

我们的、你们的、我的、你的，

左边的、右边的、古怪的、美妙的，

每一种秘密都意味深远，

因为——

不然它们为什么被称为秘密？

我也有一个秘密，

非常重要的秘密，

但我又忍不住想透露。

我不告诉别人——

只告诉你，悄悄地告诉你，

你靠近一些：

嘘……

明天一早……

嘘……

就在那里……

嘘……

不要告诉别人。

你自己找。

嘘……

你很容易就会找到，

你会亲眼看见。

孤　独

要衡量一个人的力量，
就要看他是否
能够忍耐孤独。

恒星
总是在宇宙的边缘静默独处。
而那些细小而迷惑的星星
聚拢而形成星系。

巨杉的种子
会挑选干净的地方栖息，
那里有充足的阳光和新鲜空气。
而蕨类的种子只会躲进雨林。

老鹰
从来不需要同伴，
而蚂蚁总要集群如山。

要衡量一个人的力量，
就要看他是否
能在电光石火之际做出判断。
因为一刹那
往往比永远要长。

开往北国的列车

也许从未有人
像今夜这样渴望你。

你的双手，洁白得像一片寂寞。
你的双腿，有水果的甜蜜芳香。
你的娇声细语，

像一个小孩把鼻子探出车窗。

为自己模糊的堕落
写一封道别信，
就像一只被宠坏的狗
被奇妙的热流惊醒。

我在旅行，
我在脑海里寻找人烟稀少的地方，
我在跟一棵树道晚安。

像叶子一样旋转，
像风刮过草原，
像星星，像飞鸟。

让我解弦更张。

让我模仿钢琴的键盘，
升降机

和海洋。

让我忘记放在你身躯上的那只手。
还有你枕边的脸庞。

桥

今夜，我心中的一条河
冲向了远方的大山，
它在挣扎，在嚎叫，
要挣脱绿色的锁链，
要从山中冲出一条峡谷。
它在我心头百般翻腾，
我流下了热泪。

今夜，你心中的同一条河
却出奇的平静。
有时泛起银光，
有时泛起幽蓝，
画面静谧安详。

每个人心中都有一条不一样的河，
它们在同一条桥下交汇，
这就是为什么我们的幸福和苦难
总是千差万别。

译后记

经过一年多的工作，本书一百余首诗歌的翻译终于完成。现在我看着这些译稿，心情居然有些复杂，有一种"工作终于完成了"的释然，又有一种"似乎离完成还很远"的不安。闭目细想，还是不安的心情占据了上风。

由于塞尔维亚语和中文之间存在着巨大的差异，受制于翻译技术上的困难，把塞尔维亚诗歌的语言转化为中文的可能性实在有限。有些诗歌在塞尔维亚语原文中文字表现力极强，韵律美妙，结构新奇，却在翻译过程中受到了不可避免的折损。而有的诗歌所描述的历史事件和人物反映的是塞尔维亚的文化背景，翻译后却感觉距离读者太远，难以引起共鸣，即使做注释也无济于事，反而影响了阅读的流畅性，后来在编辑时又不得不舍弃。每遇到这样的时刻，作为译者，备感痛心和无奈。

不过，在有塞尔维亚诗歌作为陪伴的这一段日子里，我也得到了很多快乐。从那些书写个人命运的诗句中，我看到了诗人豁达的心胸和细腻的情感；从那些书写家园和故乡的诗句中，我看到了诗人对自由的向往和战斗的勇气；从那些批判社会的诗句中，我看到了诗人机警的眼神和犀利的文笔；从那些书写历史的诗句中，我又看到诗人紧锁的愁眉和痛心的记忆。每当得到一篇满意的译文，我都心存感激，一厢情愿地以为自己跟文字背后的这颗灵魂达到了某种默契。

正如塞尔维亚诗人米奥德拉格·帕夫洛维奇所说的："每一首诗歌，都是'未完成'的作品。"译文何尝不是。我曾以为每一次对同一文本重新翻译，都会得到更好的译文，实践下来，发现其实不然，往往是最初的那份激情和敏感赋予了译文更大的力气。

通过这次翻译，我有幸认识到北京大学的师长，也有幸与多年从事东欧文学研究的老前辈亲会，他们对待文学的精神和匠心特别使我钦佩。最后有必要感谢塞尔维亚文学家内纳德·格鲁伊西奇所编撰的《塞尔维亚诗选》，它为本书内容的辑选、解读和翻译提供了巨大帮助。感谢我的同事洪羽青不吝奉献精力和时间，对本书的翻译提供了宝贵的意见和建议。我知道很多人都希望有机会翻译塞尔维亚诗歌，丛书的策划方把这个宝贵的机会给了我，使我得以实现自己的愿望，在此我表示深深的谢意。

彭裕超

二〇一八年三月八日

总　跋

经过两年多时间的筹备与组织，"'一带一路'沿线国家经典诗歌文库"终于将陆续付梓出版，此刻的心情复杂而忐忑，既有对即将拨云见日的满满期待，更有即将面见读者的惴惴不安。

该项目于二〇一五年下半年开始酝酿，其中亦有不少波折和犹疑。接触这个项目的所有人都无一例外地认为，这是应该做而且只有北大才能做的事情，也无一例外地深知它的难度。

"一带一路"跨度大、范围广，多语言、多民族、多宗教、多文明交融，具有鲜明的文化多样性特征。整个沿线共有六十余个国家，计有七十八种官方或通用语言，合并相同语言后仍有五十三种语言，分属九大语系。古丝绸之路尽管开始于政治军事，繁荣于商旅交通，但其更重要的意义在于促进了人类文明的交往。它连接了中国、印度、波斯和罗马等文明古国，跨越埃及文明、巴比伦文明、印度文明、中华文明的发祥地，是东西方文明交流互鉴的重要通道。

如何更好地展现"一带一路"沿线人民的文化特质和精神财富，诗歌无疑是最好的窗口。诗歌是文学王冠上的明珠，精敛文学之魂魄，而经典诗歌则凝聚着各个国家民族的文化精神和文化理想，深刻反映沿线国家独有的价值观和对世界的认识。长期以来，中国学界和出版界一直比较重视欧美发达国家诗歌的译介与研究，对发展中国家尤其是一些弱小国家的诗歌研究存在着严重忽略的现象。我们希望通过对"一带一路"沿线国家经典诗歌的研究，深刻地了解一个国家，理解它的人民，与之建立互信，促进国内学界对"一带一路"沿线国家文学、文化和文明的了解，弥补我国诗歌文化中的短板，并为中国诗歌走向世界提供思路和借鉴，从而带动与"一带一路"沿线国家的深层次交流，为中国的对外交往和"一带一路"倡议的实施提供人文支撑。

北京大学外国语学院组织国内外相关领域的专家学者，于二〇一六年一月，正式启动"'一带一路'"沿线国家经典诗歌文库"项目。该项目以北京大学人文学科的优良传统和北大外语学科的深厚积淀为基础，以研究和阐释"一带一路"沿线国家厚重的历史、文化内涵为己任，充分发挥本学科在文学、文化研究领域的传统优势和引领作用，积极配合和支持国家的"一带一路"倡议，为中外优秀文化的研究、互鉴和传播做出本学科应有的贡献。

北京大学外国语学院牵头组织的"'一带一路'沿线国家经典诗歌文库"项目，旨在翻译、收集、整理和编辑"一带一路"沿线六十余个国家的诗歌经典作品，所选诗歌范围既包括经典的作家作品，也包括由作家整理的、具有广泛影响力的史诗、民间诗歌等；既包括用对象国官方语言创作的诗歌，也包括用各种民族语言创作、广泛传播的诗歌作品。每部诗集包括诗歌发展概况、诗歌译作、作者简介等三个部分。

在此基础上，形成由五十本编译诗集构成的"'一带一路'沿线国家经典诗歌文库"第一批成果，这将弥补中国外国文学界在外国诗歌翻译与研究方面的不足，特别是对部分"一带一路"沿线国家的经典诗歌开展填补空白式的翻译与原创性研究工作具有重大意义，同时对沿线诸多历史较短的新建国家的文学史书写将具有十分重要的价值。

该项目自启动以来，先后成立了编委会和秘书组，确定项目实施方案、编译专家遴选以及编选的诗歌经典目录，并被确定为北京大学一百二十周年校庆的重要出版项目之一，得到学校、校友及社会各界的大力支持，建立起以北京大学外国语学院为核心，汇集国内外相关领域知名专家学者、翻译家的翻译、编辑团队，形成了一个具有高度共识和研究能力的学术共同体。

在这个共同体中的每个人都是幸福的，与诗为伴，以理想会友，没有功利，只有情怀。没有人问过我们为什么要做，每个人只关心怎样可以做得更好。无论是一无所有之时还是期待拿到国家出版基金支持之日，我们的翻译团队从没有过犹豫和迟疑，仿佛有没有经费支持只是我一个人需要关心的事情，而他们是信任我的。面对他们，我没有退路，唯有比他们更加勇往直前。好在我一直是被上苍眷顾和佑护的人，只要不为一己之利，就总能无往不胜。序言中，赵振江教授说了很多感谢的话，都代表我的心声，在此不再重复。我想说的是，感谢你们所有人，让我此生此世遇见你们。如果可以，我还想在此感谢我的挚爱亲人，从没有机会把"谢谢"说出口，却是你们成就了今天的我。

希望通过我们台前幕后每一个人的努力，把"'一带一路'沿线国家经典诗歌文库"项目打造成沿线国家共同参与的地域性的文化精品工程，使"文库"成为让古老文明在当代世界文化中重新焕发光彩、发挥积极作用的纽带和桥梁。

人也许渺小，但诗与精神永恒。

宁　琦

写于二〇一八年"文库"付梓前夜，北京

图书在版编目（CIP）数据

塞尔维亚诗选 / 赵振江主编；彭裕超编译 .—北京：作家出版社，
2019.8（2019.9 重印）

（"一带一路"沿线国家经典诗歌文库 . 第一辑）

ISBN 978-7-5212-0474-2

Ⅰ.①塞…　Ⅱ.①赵…②彭…　Ⅲ.①诗集—塞尔维亚
Ⅳ.① I543.2

中国版本图书馆 CIP 数据核字（2019）第 067418 号

塞尔维亚诗选

主　　编：赵振江

副 主 编：蒋朗朗　宁　琦　张　陵

编 译 者：彭裕超

选题策划：丹曾文化

责任编辑：懿　翎　徐　乐

装帧设计：曹全弘

出版发行：作家出版社有限公司

社　　址：北京农展馆南里 10 号　　**邮　　编：**100125

电话传真：86-10-65067186（发行中心及邮购部）

　　　　　　86-10-65004079（总编室）

E-mail:zuojia @ zuojia.net.cn

http://www.zuojiachubanshe.com

印　　刷：北京通州皇家印刷厂

成品尺寸：160×240

字　　数：242 千

印　　张：11.5

版　　次：2019 年 8 月第 1 版

印　　次：2019 年 9 月第 2 次印刷

ISBN 978-7-5212-0474-2

定　　价：46.00 元